La muy catastrófica visita al zoo

Joël Dicker

La muy catastrófica visita al zoo

Traducción del francés de María Teresa Gallego Urrutia y Amaya García Gallego

El papel utilizado para la impresión de este libro ha sido fabricado a partir de madera procedente de bosques y plantaciones gestionadas con los más altos estándares ambientales, garantizando una explotación de los recursos sostenible con el medio ambiente y beneficiosa para las personas.

La muy catastrófica visita al zoo

Título original: *La Très Catastrophique Visite du Zoo*

Primera edición en España: abril de 2025
Primera edición en México: abril de 2025

D. R. © 2025, Joël Dicker

D. R. © 2025, Penguin Random House Grupo Editorial, S. A. U.
Travessera de Gràcia, 47-49, 08021, Barcelona

D. R. © 2025, derechos de edición mundiales en lengua castellana:
Penguin Random House Grupo Editorial, S. A. de C. V.
Blvd. Miguel de Cervantes Saavedra núm. 301, 1er piso,
colonia Granada, alcaldía Miguel Hidalgo, C. P. 11520,
Ciudad de México

penguinlibros.com

D. R. © 2025, María Teresa Gallego Urrutia y Amaya García Gallego, por la traducción
D. R. © Diseño: Penguin Random House Grupo Editorial, inspirado en un diseño original de Enric Satué

Penguin Random House Grupo Editorial apoya la protección del *copyright*.
El *copyright* estimula la creatividad, defiende la diversidad en el ámbito de las ideas y el conocimiento, promueve la libre expresión y favorece una cultura viva. Gracias por comprar una edición autorizada de este libro y por respetar las leyes del Derecho de Autor y *copyright*. Al hacerlo está respaldando a los autores y permitiendo que PRHGE continúe publicando libros para todos los lectores.

Tenga en cuenta que ninguna parte de este libro puede usarse ni reproducirse, de ninguna manera, con el propósito de entrenar tecnologías o sistemas de inteligencia artificial ni de minería de datos.
Si necesita fotocopiar o escanear algún fragmento de esta obra diríjase a CeMPro
(Centro Mexicano de Protección y Fomento de los Derechos de Autor, https://cempro.org.mx).

ISBN: 978-607-385-739-0

Impreso en México – *Printed in Mexico*

Para Wolf y Julia

Prólogo
Consecuencias de una catástrofe

Durante años, en la memoria colectiva de la pequeña ciudad donde crecí perduró el impacto de los acontecimientos que tuvieron lugar en el zoo local un viernes de diciembre, pocos días antes de Navidad.

Y, en todos esos años, nadie supo la verdad de lo que realmente sucedió allí. Hasta que llegó este libro.

Ni siquiera yo, que fui una de las protagonistas de los hechos, hubiera imaginado nunca que algún día contaría todo aquello. Pero cambié de opinión cuando me di cuenta, siendo ya adulta, de que vamos desarrollando la lamentable tendencia a olvidarnos del niño que fuimos. Y eso que lo seguimos llevando dentro. Me había prometido a mí misma que algún día le pondría remedio y este libro es la ocasión de hacerlo. Por eso, aun a riesgo de desvelar todo lo que sucedió, he decidido contar dichos acontecimientos tal y como los viví por entonces, cuando aún era una niña.

Y es esa niña, a la que me complace presentaros, a quien cedo la palabra ahora.

Varios años antes

Capítulo 1
La teoría de las catástrofes

Esta noche me han castigado sin postre. Por culpa de lo que ha pasado en el zoo. Papá se ha tirado toda la cena repitiéndome:

—¡Es que no puede ser, Joséphine! ¡No puede ser!

Mamá, en cambio, no abría la boca. Me lanzaba miradas de desaprobación. Al final se limitó a decir:

—Mañana iremos al hospital a ver cómo está. Y, ahora, cómete las judías.

No me gustan las judías, pero me pareció que no estaba el horno para bollos. Así que me las zampé sin rechistar. Es lo que se llama ponerse de perfil bajo. Luego mamá decretó que me quedaba sin postre. Y eso sí que me dio pena porque de postre había bizcocho de zanahoria, que es mi bizcocho favorito. Me entraron ganas de llorar, pero me consolé pensando que seguramente a los compis de clase también los habrían castigado sin postre.

Después del incidente del zoo, todos los padres hablaron por teléfono. Oí a mamá empalmar una llamada con otra y repetirle a cada interlocutor:

—¡Es un disparate, un disparate! ¿Cómo ha podido suceder semejante catástrofe?

No sé muy bien lo que significa «disparate», pero, si tiene algo que ver con disparos, no puede ser nada bueno.

Cuando me hube terminado las judías, pregunté si podía levantarme de la mesa, puesto que estaba castigada sin postre. Pero mamá dijo que no, luego se fue a cortar una rebanada del bizcocho de zanahoria y me la puso delante.

—Puedes tomar bizcocho si nos explicas lo que ha pasado hoy en el zoo.

Eso se llama «chantaje», pero me mordí la lengua. Cogí el tenedor y dividí la rebanada de bizcocho en ocho pedacitos.

Una catástrofe nunca sucede de buenas a primeras: es el desenlace de una serie de sacudidas pequeñas que casi no se notan pero que, poco a poco, se convierten en un terremoto. Lo que había pasado hoy en el zoo también cumplía con esta regla: era la traca final de varias catástrofes sucesivas.

Mis padres querían explicaciones, pero para explicárselo todo había que explicar que la catastrófica visita al zoo pasó por culpa de la catastrófica función del cole que pasó por culpa de la catastrófica obra de teatro que pasó por culpa de la catastrófica visita de Papá Noel que pasó por culpa del catastrófico Santa Plas que pasó por culpa de la catastrófica clase de seguridad vial que pasó por culpa de la catastrófica clase de gimnasia que pasó por culpa de la catastrófica presentación en el salón de actos que, a su vez, pasó por culpa de una catástrofe inicial.

Y quizá habría que empezar contando esta primera catástrofe.

Capítulo 2
Un lunes no tan normal

Un lunes por la mañana de finales de otoño, pocas semanas antes de Navidad, sucedió algo muy grave.

Como cada vez que se produce una catástrofe, nadie lo ve venir. Así que el lunes aquel se había disfrazado de día normal: sonó el despertador, me levanté, desayuné (cereales poniendo primero la leche y luego los cereales porque, si no, no ves cuánta leche pones), me lavé los dientes, me peiné, me vestí y mamá me llevó al cole en coche. Hasta ahí, todo como de costumbre.

Mi cole se llama colegio Picos Verdes. Es un colegio especial. Se llama «colegios especiales» a los coles a los que llevan a los niños que no van a los otros coles. A mí me gusta mi cole. Es un cole muy pequeñito porque solo hay una clase. Es como un pabellón grande de tablones. Mamá dice que es muy cuco. Yo diría más bien que es muy guay. Tiene un vestíbulo grande que además sirve de ropero. De un lado está el aula, y del otro, la sala de juegos. También hay una cocina pequeña y justo al lado están los servicios. Nuestro patio de recreo es un jardín con flores rodeado de una valla de madera que no debemos cruzar nunca, a menos que vayamos con nuestros padres o nuestra profe, la señorita Jennings. Alrededor hay un parquecito con algunos juegos para niños y bancos en los que se puede ver a señoras mayores sentadas mientras sus perritos hacen caca. Es obligatorio recoger las cacas de perro, pero muchas veces las señoras hacen como que no se enteran de que su perro ha hecho sus necesidades. Cuando el conserje del colegio las pilla, se les acerca hecho una furia y les manda recoger la caca a la de ya. Entonces las señoras mayores ponen cara de fastidio y de asco, se sacan del bolsillo una bolsa de plástico y limpian la cagarruta. Luego sujetan la bolsa con la punta de los dedos como si la caca fuese a tirárseles encima y ponen caras raras. Nosotros nos tronchamos de risa.

Justo al lado del parque está el cole de los niños normales. Ahí es donde van todos los demás niños, menos nosotros. Es un edificio grande de ladrillo con un patio amplio de cemento y, pegada a él, una pista deportiva gigantesca. Desde el cole especial se puede ver el cole normal. Allí hay muchos niños, mientras que en el nuestro solo somos seis. Le he preguntado a mamá si algún día yo podré ir al cole de los niños normales. Me ha dicho que probablemente no, pero que me quiere tal y como soy.

Lo más alucinante del cole especial es la señorita Jennings, nuestra profe. Es la más estupenda de todas las profes. Es paciente, encantadora, inteligente y dulce. También es muy guapa. Siempre viste muy bien y lleva el pelo bien peinado. Todo el mundo la adora.

La segunda cosa más alucinante del cole especial, después de la señorita Jennings, son mis cinco compis de clase, que son todos chicos.

Está Artie, que es hipocondriaco, o sea, que siempre se cree que tiene todo tipo de enfermedades. Para él no es muy práctico, pero para nosotros es gracioso porque se pone a chillar muerto de miedo cuando se piensa que tiene alguna enfermedad. De mayor, Artie quiere ser médico para curarse él solito, porque dice que cuando vas a la consulta de otros médicos te arriesgas a que te contaminen en la sala de espera, que está atiborrada de enfermos. En eso no le falta razón.

Está Thomas, que es superbueno en kárate porque su padre es profe de kárate. (Para ser bueno en kárate, tener un padre profe de kárate es una ventaja). De mayor, Thomas quiere ser profe de kárate como su padre.

Está Otto, cuyos padres viven cada uno en una casa distinta. Eso se llama «divorciados». Mamá me contó que la gente se divorcia cuando el papá y la mamá ya no tienen ganas de dormir en el mismo cuarto. Creo que, cuando yo sea mayor, también seré divorciada porque odio compartir cuarto.

Otto lo sabe todo sobre todo. Por su cumple siempre pide enciclopedias y diccionarios. Le encanta explicar las cosas y conoce palabras complicadas como «suimanga», «casuística» o «queloide», que es una palabra que hemos aprendido todos gracias a Artie. De mayor, Otto quiere ser conferenciante.

Está Giovanni, que siempre va con camisa, incluso para jugar fuera. Sus padres son muy ricos (o sea, que tienen mucho dinero) y, por lo visto, cuando eres rico tienes que ir siempre con camisa. Yo de mayor espero no ser rica porque odio llevar camisa. En casa de Giovanni tienen un camarero de restaurante. Es de lo más práctico. En la nuestra, cuando acabo de comer, tengo que llevar el plato al fregadero. Pero en la de Giovanni no se mueve nadie. Un día me invitó a comer a su casa: estábamos sentados a la mesa y el camarero nos puso los platos delante y luego lo recogió todo. Mamá dice que se llama «mayordomo», pero en casa de Giovanni lo llaman Bernard. De mayor, Giovanni quiere trabajar en la empresa de su padre, que es la misma que creó su abuelo. Por lo visto, eso se llama una «empresa familiar». Significa que se la van turnando.

Está Yoshi, que no habla nunca. Pero jamás de los jamases. Es mi compi favorito. No necesitamos hablar para entendernos. Yoshi tiene un montón de tocs. Significa que siempre tiene que comprobarlo todo diez veces. A veces incluso más de diez. Por ejemplo, un día se pasó toda la mañana comprobando que sus zapatos seguían estando en el ropero del cole. A Yoshi le encanta la plastilina y hace unos objetos preciosos. Tiene una mesa en un rincón de la clase donde se le ocurren proyectos sensacionales. De mayor, Yoshi quiere ser escultor.

Y por último estoy yo: Joséphine. Parece ser que entiendo las cosas demasiado rápido. A mí no me parece que sea un problema, pero por lo visto sí que lo es. O sea, que hay al menos una cosa que no entiendo. De mayor quiero ser inventora de palabrotas. Es una idea que me chivó mi padre.

Un día, papá leyó en el periódico un artículo sobre la familia de Giovanni. Su empresa familiar por turnos se dedica a fabricar papel higiénico. Y, según papá, con el papel higiénico ganan mucho dinero. Mientras leía el artículo, exclamaba:

—¡Papel higiénico, qué genialidad! ¡Un producto que se consume a diario en el mundo entero, que siempre va a hacer falta y que no se puede sustituir con ninguna tecnología!

Así que pensé que para mi profesión tendría que buscar algo parecido para fabricarlo. Y entonces papá le dijo a mamá:

—¡Fíjate, cariño, la de pasta que se puede ganar con el papel del culo!

Mamá le pidió a papá que se cortara y que no hablara así delante de mí, aunque ya era tarde. «Papel del culo» me parecía una palabrota estupenda pero, sobre todo, se me ocurrió que inventar palabrotas era una profesión con mucho futuro porque se dicen todos los días, siempre van a hacer falta y no se pueden sustituir con ninguna tecnología.

Algún día escribiré un libro y pondré en él todas las palabrotas que haya inventado. Será como un diccionario de palabrotas.

Pero volviendo a aquel dichoso lunes por la mañana, el día de la catástrofe inicial que iba a ir rebotando de catástrofe en catástrofe hasta la catastrófica visita al zoo, cuando estábamos llegando al cole, mamá y yo nos encontramos con varios camiones de bomberos aparcados junto a la acera. Entramos en el parquecito y vimos a todos los bomberos muy ocupados alrededor del cole especial. En ese momento comprendí que aquel día normal en realidad no iba a serlo en absoluto y que acababa de producirse un incidente grave.

Capítulo 3
La inundación del cole

Los bomberos entraban y salían del cole especial con mangueras que enchufaban a unas máquinas muy ruidosas. Mamá y yo nos sumamos a una pequeña multitud de curiosos a los que había atraído todo aquel jaleo. Hasta que vi a la señorita Jennings, al conserje y a todos los compis que ya habían llegado con su papá o su mamá. Nos reunimos con ellos. Mamá les preguntó a los demás padres qué estaba pasando.

—Inundación —contestaron todos.

Otto nos explicó, diccionario en mano, que «inundación» venía de la palabra latina *inundatio*. Pero a nosotros lo que más nos importaba saber era de dónde venía esta inundación en concreto. Últimamente no había llovido, así que era raro que el cole se hubiera inundado. Thomas nos contó que igual se había roto una cañería, que en la sala de kárate de su padre pasó eso una vez y que tuvieron que cambiar todos los tatamis. Nos dejó un poco preocupados.

Los padres le preguntaron a la señorita Jennings si había habido daños. Contestó que no lo sabía porque aún no había podido entrar. Estuvimos esperando un ratito más hasta que un bombero se acercó a la señorita Jennings y le dijo con cara consternada:

—Se ha inundado todo, su colegio está totalmente siniestrado.

La señorita Jennings se echó a llorar y a nosotros nos dio mucha pena verla tan triste. El conserje parecía muy fastidiado. El bombero y los padres se pusieron a hablar todos a la vez y el bombero les explicó qué significaba «siniestrado»: que no íbamos a poder volver al cole especial en mucho tiempo. El bombero dijo que había estado saliendo agua todo el fin de semana y, por cómo lo contaba, al principio pensamos que era por una cañería rota.

—¿Lo veis? —dijo Thomas—. Como en la sala de kárate de mi padre.

Los padres se pusieron a cotorrear. Nosotros nos preguntamos qué íbamos a hacer si ya no podíamos ir al cole especial. Entonces llegó un señor altísimo que era el director del cole para niños normales. Puso una cara muy abatida y se acercó a la señorita Jennings para reconfortarla. Intentó abrazarla, pero ella no parecía tener muchas ganas, así que él le dio su pañuelo y le prometió que no iba a reparar en esfuerzos para animarla. Lo de menos son los esfuerzos, pero lo que sí podría reparar son las tuberías de nuestro cole del alma.

Luego, el director montó un numerito para los padres explicándoles que no había de qué preocuparse y que nos iba a buscar un aula en el cole normal de ahí al lado y que la señorita Jennings se quedase tranquila. Podríamos pasar allí todo el tiempo que hiciera falta hasta que arreglaran nuestro cole.

La señorita Jennings nos puso a todos en corro, como cuando quiere decirnos algo importante. Por ejemplo, cuando salimos de excursión y nos recuerda las normas. Nos explicó lo que ya sabíamos: no podríamos ir al cole especial por culpa de la inundación. Añadió algo que no sabíamos: la inundación la habían provocado unos lavabos taponados en los servicios. El sifón de los lavabos se había atascado con plastilina y los grifos se habían quedado abiertos todo el fin de semana. El agua se había desbordado y luego se metió por todas partes. Enseguida se nos ocurrieron un montón de preguntas para la señorita Jennings: ¿cómo había llegado la plastilina a los lavabos? ¿Y por qué se habían quedado abiertos los grifos todo el fin de semana?

Entonces la señorita Jennings se puso muy seria y dijo:

—Eso es precisamente lo más raro. ¿Alguno de vosotros puso plastilina en los lavabos el viernes?

Todos le aseguramos que no. Todas las miradas se volvieron, claro está, hacia Yoshi (que de hecho es el único que se pasa el día entero jugando con plastilina porque de mayor quiere ser escultor), pero Yoshi, como no habla, por toda respuesta se puso a negar y requetenegar con la cabeza para decir que él no había atascado nada de nada.

—No importa si lo has hecho —insistió la señorita Jennings—, lo único que quiero es entender lo que ha pasado.

Aun así, sospechábamos que sí que importaba porque habían venido los bomberos y ahora el colegio estaba siniestrado. Pero Yoshi siguió venga a negar con la cabeza y casi a punto de llorar.

—Cuando en el cole se rompe algo —le dije a la señorita Jennings—, el conserje siempre se da cuenta. Si el agua de los lavabos se salía, el conserje lo habría visto.

—El viernes el conserje tuvo que irse antes de que acabaran las clases porque ingresaron a su madre en el hospital —señaló ella.

Todos nos encogimos de hombros. Si Yoshi decía que no había sido él, es que no había sido. No es de los que mienten. Pero la señorita Jennings no parecía muy convencida: los lavabos no se habían atascado solos. Fue cuando nos explicó que los bomberos habían abierto una investigación y que su jefe tenía que hacernos algunas preguntas.

Al oírlo, todos gritamos de alegría. Iba a ser superemocionante conocer al jefe de bomberos, que debía de ser medio bombero y medio detective, puesto que estaba haciendo una investigación.

En ese momento se nos acercó un señor barrigón con bigotes de foca, corbata y un traje que le quedaba ancho. Nos dijo:

—Chicos, ¿puedo hablar con vosotros?

Yo le contesté muy educadamente que no, porque habíamos quedado con el jefe de bomberos, y entonces Bigotes de Foca nos dijo que el jefe de bomberos era él. Nos llevamos un chasco tremendo. No tenía pinta ni de jefe ni de bombero.

—¿Seguro que es usted el jefe de bomberos? —preguntó Artie.

—Segurísimo —contestó Bigotes de Foca.

Nos enseñó una medalla de bombero que llevaba en el cinturón pensando que nos iba a impresionar. Pero Giovanni dijo:

—Está muy gordo para ser un bombero...

—Si está gordo —intervino Thomas—, significa que sí que es el jefe. Mi padre dice que los jefes nunca hacen nada, se pasan el día comiendo bollos y bebiendo café.

—Qué majo tu papá —saltó el jefe de bomberos.

—Dicen que el café es malo para el corazón —lloriqueó Artie—, espero no ser jefe nunca porque entonces tendría que beberlo a toneladas y me daría problemas cardiacos.

—¿Dónde tiene los músculos de bombero? —preguntó Thomas, que sabe mucho de músculos porque su padre es profe de kárate.

—Me los habré dejado en el coche —contestó Bigotes de Foca.

—Pues debería ir a buscarlos, por si tiene que salvar a alguien.

—Yo me encargo sobre todo de las investigaciones —explicó el jefe de bomberos—. Y si estoy aquí es precisamente para entender lo que ha pasado en vuestro colegio.

Traté de ayudarlo:

—Alguien ha inundado nuestro cole. La señorita Jennings dice que los lavabos estaban atascados con plastilina y que los grifos se quedaron abiertos todo el fin de semana.

El jefe de bomberos se pasó los dedos por el bigotazo y puso cara de fastidio.

—¿Sabes, hijita? La mayoría de las veces no es un acto voluntario, sino más bien un despiste. Uno se pone a jugar con los amigos y se olvida de cerrar el grifo, y así es como se producen los accidentes.

—Nosotros siempre cerramos el agua —dije—. Y, además, ¿por qué iba alguien a meter plastilina en las tuberías?

—A veces, para divertirse, a los niños les gusta meter cosas en el desagüe del lavabo. Para ver lo que pasa...

Estaba claro que el jefe de bomberos se pensaba que éramos idiotas.

—¿Por qué íbamos a meter plastilina en los lavabos? Es una guarrería...

A los otros compis también les pareció que era una guarrería, sobre todo a Artie, porque en los lavabos atascados el agua se queda estancada y eso es un nido de bacterias.

—Nosotros nunca atascaríamos los lavabos —repetí.

Pero el jefe de bomberos no parecía muy convencido.

—Vuestra profesora ha reconocido que uno de vosotros juega con plastilina todos los días...

Todos señalamos a Yoshi.

—¿Eres tú al que le gusta la plastilina, hijo? —preguntó el jefe de bomberos con una voz muy suave de secuestrador de niños.

Yoshi asintió y nosotros le explicamos al jefe que Yoshi no hablaba nunca.

—¿Porque no *quiere* o porque no *puede*? —preguntó él.

No estábamos seguros. Entonces el jefe de bomberos añadió:

—Porque querer es poder.

—Somos niños especiales —le informé.

34

—Ah —dijo él—. Bueno, de todas formas, si tocáis la plastilina todos los días, y se os queda una pizca en las manos, cada vez que os las laváis se forma un amasijo que va atrancando poco a poco el desagüe del lavabo. Y un buen día, ¡zas!, se atasca del todo.

—Hace falta un montonazo de plastilina para taponar un lavabo —le hice notar.

—El pelo de mi mujer basta para taponar el desagüe de la ducha —contestó el jefe de bomberos.

Otto le preguntó si el pelo de su mujer era de plastilina. Por toda respuesta, el jefe de bomberos soltó un suspiro:

—Niños, me gustaría que revivamos juntos lo que pasó el viernes.

Otto le recordó que es imposible revivir los días pasados.

—Lo que quiero decir es que me contéis lo que hicisteis el viernes —se impacientó el jefe de bomberos, que parecía ya un poco harto—. ¿Cómo fue el viernes pasado en el cole?

Después de juntar los recuerdos que teníamos en común, le contamos que el viernes había sido un día bastante normal. Tuvimos clase de matemáticas y luego de botánica con la señorita Jennings. Después hubo tiempo libre. Yoshi jugó con la plastilina, Thomas lo estuvo ayudando un rato, y los demás dibujamos. A continuación, Otto nos dio una breve conferencia. Le encanta elegir un tema y hablarnos de él. Siempre es muy interesante. Últimamente lo que lo apasiona es el divorcio. Seguramente por lo de sus padres.

Los padres de Otto ya no se llevaban bien. Podrían haber seguido gritándose, pero prefirieron dejar de estar juntos. Lo bueno es que ahora, por su cumpleaños y por Navidad (ya falta poco), Otto no recibe solo un regalo de sus padres juntos, sino uno de cada uno. Lo que, matemáticamente, es el doble.

Total, que el viernes Otto nos estuvo hablando del divorcio siguiendo las letras del alfabeto. Había empezado con la A de Abogado, que es un señor o una señora que se supone que defiende tus intereses pero que, según su padre, cuesta una fortuna y solo sirve para perder.

Luego la B de Bronca, porque sus padres tienen broncas todo el rato, por esto y lo de más allá.

Luego la C de Culpabilidad. La culpabilidad es cuando los padres ya no le pueden decir que no a su hijo porque se sienten mal por algo que han hecho. Como haberse divorciado. Por ejemplo, cuando los padres de Otto estaban casados nunca le dejaron tener mascota. Ahora que están divorciados, tiene una tortuga y un conejo en casa de su padre, y unos peces y dos hámsteres en casa de su madre. Los padres son débiles cuando están solos y fuertes cuando se juntan. Por eso tiene que haber dos para tener hijos.

Luego la D de Divorcio, que viene del latín *divortium*, que significa «separación». Y ahí fue cuando la señorita Jennings interrumpió a Otto y le dijo: «Otto, cariño, ya basta de contar cosas del divorcio. Búscate otro tema con la letra D para el lunes y nos das una conferencia sobre él».

—La señorita Jennings hizo muy bien en interrumpir esa conferencia tan soporífera —decretó el jefe de bomberos.

Thomas preguntó qué quería decir «soporífera». Otto contestó que significaba «aburrida» y a todos nos pareció que el jefe de bomberos era un poco malvado.

Le contamos al jefe de bomberos lo que había pasado el resto del día. Después de comer, hicimos una excursión al museo de ciencias naturales. Fuimos en autobús y, al volver al cole especial para irnos a casa, Artie nos dijo que nos lavásemos bien las manos porque, además de pasajeros, los autobuses transportan todo tipo de enfermedades. Cuando empezó a soltar nombres de montones de enfermedades espantosas que podíamos contraer, nos fuimos corriendo a los servicios del cole. Nos pusimos mucho jabón y nos frotamos las manos por todas partes, siguiendo las indicaciones de Artie, que nos advirtió: «Después de enjuagaros las manos, no toquéis el grifo. Porque, como lo habéis abierto con las manos posiblemente contaminadas, si lo tocáis os volveréis a contaminar y os las tendríais que lavar otra vez». Era bastante lógico, por no decir bacterio-lógico.

Después de contarle todo esto, el jefe de bomberos preguntó:

—Pero, entonces, ¿quién cerró el grifo después de lavarse las manos?

—Nadie —contestó triunfalmente Artie—. Y menos mal, porque si no estaríamos todos contaminados.

—Pues ya está —zanjó el jefe de bomberos—, lo que yo decía. Inundación accidental.

Y se puso a escribir cosas en su bloc de notas.

—¿Fue usted quien cerró el colegio el viernes? —le preguntó luego a la señorita Jennings.

—Sí. Suele hacerlo el conserje, pero el viernes tuvo que ir al hospital a acompañar a su madre, que acababa de romperse una pierna.

—¿Y no comprobó los servicios antes de irse?

—Pues no, lo reconozco... Llevaba un poco de prisa...

Al oír estas palabras, el jefe de bomberos puso cara de sabihondo y siguió garabateando en el bloc antes de sentenciar:

—Caso cerrado: ha sido el mudito el que lo ha atascado todo de tanto lavarse las manos y...

—¡No se debe designar a un niño por su discapacidad! —se enfadó la señorita Jennings.

—Madre mía, si es que ya no se puede decir nada —se irritó el jefe de bomberos.

—¡Un poquito de dignidad, hombre! —lo regañó la señorita Jennings.

—Resumiendo —prosiguió el jefe de bomberos—: que seguramente los lavabos llevaban atascados desde hacía tiempo y el pirado que se asusta por todo convenció a sus compañeros...

—¿Se puede saber a quién está llamando «pirado»? —exclamó la señorita Jennings.

—¡Qué barbaridad! —resopló el jefe de bomberos—, ¡está visto que con usted hay que andar con pies de plomo! A grandes rasgos, los críos me acaban de confesar que no cerraron los grifos después de lavarse las manos al volver de la excursión al museo. Los sifones atrancados acabaron desbordándose y, como consecuencia, después del fin de semana estaba todo inundado.

El jefe de bomberos parecía encantado consigo mismo.

Los compis y yo nos miramos. Yoshi movió un dedo para que lo escucháramos. Yoshi no habla, pero se le entiende muy bien. Nos contó por señas que él sí que había cerrado los grifos. Al oírlo, Artie puso cara de asco y dijo que seguramente se habría contaminado y que nunca más volvería a estrecharle la mano. De todas formas, Artie nunca le estrecha la mano a nadie.

Yo me quedé mirando a los compis: Yoshi tiene tocs, y eso significa que siempre lo comprueba todo diez veces. Así que, si él aseguraba que había cerrado los grifos, es que lo había hecho.

Lo cual suponía que la inundación no era un accidente. Había sido voluntaria. Un acto criminal. ¿Alguien había atacado voluntariamente nuestro cole especial? ¿Quién? ¿Y por qué?

Estuvimos dudando si decírselo al jefe de bomberos, pero lo descartamos porque parecía de lo más negado. Jamás encontraría al culpable.

Así que decidimos que haríamos nuestra propia investigación.

Íbamos a descubrir quién nos había inundado el cole.

Así fue como empezó todo.

Capítulo 4
En el cole de los niños normales

Después de que se inundara el cole especial, nos mudamos al cole de los niños normales por invitación de su director. Al principio era un poco desconcertante no estar ya en el cole especial y que ya no nos protegiera nuestro bonito jardín con flores. Mamá y papá me dijeron que no tenía de qué preocuparme y que todo iría bien con los otros niños. Además, como el cole de los niños normales estaba al lado del cole especial, el camino para ir era el mismo, y eso me reconfortaba un poco.

Nos instalaron en un aula de la primera planta. La señorita Jennings había pegado en la pared fotos de lugares que nos gustaban y, sobre todo, había colocado una maceta grande de barro con flores de nuestro jardín. Incluso había recreado nuestro rincón de dibujo y artes creativas, y la mesa con plastilina para Yoshi.

Al principio, en el cole de los niños normales no nos fue tan mal.

El director se portó la mar de bien con nosotros. Era muy atento. Y siempre lo teníamos metido en clase. No es que sea muy guapo, pero sí de lo más simpático. Como no sabíamos cómo se llamaba y es larguirucho como una espiga, al principio quisimos llamarlo «Saltamontes», pero al final solo lo llamamos «el Director». No acabábamos de entender qué pintaba en el cole. En cualquier caso, no debía de tener mucho que hacer en todo el día porque le daba tiempo a plantarse en nuestra clase cada dos por tres para comprobar que todo iba bien. Nos preguntaba:

—¿Va todo bien, bribonzuelos?

Y nosotros enseguida levantábamos la mano para preguntar algo que nos tenía muy inquietos:

—¿Vamos a poder ir al zoo el último día de clase como estaba previsto?

Con la señorita Jennings, el último día de clase antes de las vacaciones de Navidad siempre hacíamos una salida. El año pasado fuimos al cine. Este año, la señorita Jennings nos había dicho que iríamos al zoo. Estábamos contentísimos con esa excursión, pero con el cambio de cole teníamos la duda de si podríamos ir a pesar de todo.

El Director contestó con evasivas:

—¿Sabéis, niños?, existe un reglamento muy estricto para las visitas escolares. Hay que entregar un formulario, asegurarse de que se tiene un autobús disponible, contar con los acompañantes necesarios en función del número de niños. Lo voy a estudiar detenidamente con vuestra profesora.

Al cabo de unos días, a fuerza de preguntárselo tantas veces, el Director acabó diciéndonos:

—Bribonzuelos, ya no hace falta que sigáis insistiendo: la respuesta de si podréis ir al zoo es que sí.

Todos chillamos de alegría y el Director añadió:

—Pues ya está, espero que ahora os quedéis tranquilos.

Una vez resuelto el tema de la visita al zoo, podíamos dedicarnos a la investigación. ¿Quién había podido inundarnos el cole?

Eso de investigar es más fácil decirlo que hacerlo. Lo cierto es que no sabíamos muy bien por dónde empezar. Normalmente, cuando probamos un juego nuevo, siempre hay un adulto que nos ayuda y nos explica las reglas. En este caso no podíamos recurrir a nuestros padres, a quienes no les iba a hacer gracia la idea de una investigación. Entonces se nos ocurrió pedírselo a la abuela de Giovanni, que sabe un montón sobre investigaciones porque se pasa el día viendo series policiacas en la tele.

La abuela de Giovanni vive en casa de Giovanni, que es una casa gigantesca. El primer domingo después del traslado al cole de los niños normales, Giovanni nos invitó a todos a su casa, supuestamente para jugar juntos aunque en realidad era para poder preguntarle a su abuela.

Ir a casa de Giovanni era superguay. Primero, porque ir a casa de un compi siempre es guay. Pero sobre todo porque descubrimos que Giovanni no solo tiene en casa a un camarero de restaurante, sino también a un cocinero de restaurante en la cocina. El cocinero había hecho una tarta de chocolate inmensa y todos nos abalanzamos sobre ella. Como el camarero de restaurante se encargaba de nosotros, los padres de Giovanni aprovecharon para pasar de nosotros, así que pudimos hacer todo lo que nos dio la gana, como zamparnos trozos de tarta enormes.

Después fuimos a ver a la abuela. En casa de Giovanni hay un montón de salones. La abuela estaba sola en uno de los salones, viendo la tele mientras comía galletitas y fumaba un cigarrillo metido en un catalejo de pirata que se llama «boquilla».

Nos pusimos a toser por culpa del humo que había en el cuarto, pero no importaba porque estábamos muy contentos de hablar con la abuela de Giovanni. El único que se quejó del humo fue Artie, que siempre tiene miedo de ponerse malo. Nos avisó de que corríamos todos peligro de asfixiarnos y se subió el jersey por encima de la nariz. Nos sentamos todos en la alfombra alrededor de la abuela, que se nos quedó mirando, enternecida:

—Bueno, chicos, parece ser que estáis investigando la inundación de vuestro cole.

Todos asentimos con la cabeza.

—Abuela de Giovanni —dije—, parece ser que usted sabe mucho de investigaciones policiacas...

—Así es.

—Necesitamos su ayuda. No sabemos por dónde empezar la nuestra.

La abuela puso una cara muy seria.

—Hay que actuar metódicamente.

Todos asentimos con la cabeza: nos pareció una idea excelente, salvo por el detalle de que no sabíamos qué significaba actuar metódicamente.

—¿Qué quiere decir «metódicamente»? —inquirió Thomas.

—Seguir un método concreto —contestó la abuela mientras engullía una galleta—. Los policías del mundo entero siguen siempre el mismo método cuando investigan.

—¿Y usted sabe cuál es ese método? —pregunté.

—Pues claro —contestó la abuela, triunfante.

Entonces, la abuela nos reveló la receta secreta para resolver una investigación: el culpable siempre tenía un móvil, pero no para hablar por teléfono, porque resulta que «móvil» también es una buena razón para cometer un crimen. Así que, para encontrar al culpable, no había que preguntarse *quién* ha cometido un delito, sino *por qué* alguien ha cometido ese delito.

—¿Quién sacaba alguna ventaja de que se inundara el cole? —preguntó la abuela.

Era una buena pregunta.

La abuela nos explicó que, en la serie que acababa de ver, un hombre había matado a un tío abuelo rico para conseguir su herencia.

—En una investigación —dijo la abuela—, a todos los que tienen una buena razón para cometer el delito se los llama «sospechosos». Pero, en el caso de vuestro cole, ¿a quién habría podido beneficiarle la inundación?

Como no teníamos ni idea, la abuela de Giovanni hizo la lista de sospechosos por nosotros. Según ella, había dos pistas válidas: o había sido uno de nosotros para poder disfrutar de unas vacaciones, o había sido el dueño del cole para cobrar el dinero del seguro (por lo visto, en las series policiacas, lo de quemar casas para cobrar la indemnización de la aseguradora era un clásico).

Sabíamos que ninguno de nosotros había inundado el cole. A todos nos gustaba ir al cole y nunca le habríamos hecho algo así a la señorita Jennings. Así que nos quedaba el dueño del cole. ¿Quién era? ¿Y cómo íbamos a descubrir su identidad?

Aunque en realidad no nos dio tiempo a plantearnos esas preguntas porque en ese momento la madre de Giovanni apareció en el salón lleno de humo: se puso a gritarle a la abuela por fumar en un cuarto donde había niños, y también le gritó a Giovanni porque la bonita camisa le apestaba a tabaco, y también se enfadó con nosotros porque nos habíamos comido toda la tarta que quería guardar «para unos invitados».

A mí me entraron ganas de hacerle notar a la madre que nosotros también éramos invitados. Y que lo que tenía que haber hecho era quedarse vigilándonos en lugar de dejarnos con el camarero de restaurante. Pero no dije nada. Eso se llama ponerse de perfil bajo.

*

En la cocina de casa, mi madre me interrumpió:

—¿La abuela de Giovanni fuma delante de vosotros?

—Da unas caladitas —dije por quitar hierro.

—¡Acabas de decir que os pusisteis a toser por el humo y que Artie se subió el jersey por encima de la nariz!

—Ya conoces a Artie, mamá. Es un exagerado...

—No sabía que los Mondani tuvieran un chef privado —dijo papá.

—Sí, tienen un restaurante, pero dentro de casa —le expliqué.

—Y todo gracias al papel del culo —murmuró papá.

—¡Marc! —lo regañó mamá por decir una palabrota.

Papá cambió de tema y, volviéndose hacia mí, me preguntó:

—No veo la relación entre lo que nos estás contando y lo que ha pasado hoy en el zoo.

—Si me dejáis hablar, lo entenderéis...

Capítulo 5
La presentación en el salón de actos

Al día siguiente de la conversación con la abuela de Giovanni, reanudamos la investigación en el patio de recreo del cole.

Empezamos haciendo nuestra lista de sospechosos. Incluía cuatro nombres: el misterioso dueño del cole (para cobrar el dinero del seguro), la señorita Jennings y el conserje del cole especial (estaban directamente relacionados con el cole y quizá tuvieran un buen motivo para querer que se cerrara), y el jefe de bomberos (su investigación había sido tan chapucera que levantaba sospechas).

Tras debatirlo, acordamos que de hecho podíamos descartar al jefe de bomberos, que no era más que un mediocre.

También podíamos descartar con bastante seguridad a la señorita Jennings. No solo había llorado al enterarse de los daños (nosotros somos expertos en llorar de mentira y las lágrimas de la señorita Jennings eran de verdad), sino que, por encima de todo, no ganaba nada con aquella inundación que le había supuesto el trabajo adicional de acondicionar el aula nueva.

En cambio, el conserje ya no tenía mucho que hacer desde que se produjo la inundación y se cerró el cole especial. La pereza podía ser un excelente móvil. Sin embargo, el viernes, es decir, justo antes de la inundación, el conserje había tenido que marcharse del cole temprano para acompañar a su madre, que se había roto una pierna. Si aquello era verdad, lo exculparía. La abuela de Giovanni nos había explicado que eso se llamaba «coartada».

Y, en lo que se refiere al dueño del cole, la codicia es un móvil muy sólido (son palabras de la abuela de Giovanni). Y no había ni rastro de ninguna coartada.

Así pues, la lista se limitaba a dos sospechosos: el dueño del cole y el conserje. Teníamos que descubrir quién era el misterioso dueño y comprobar la coartada del conserje. Uno de los dos era el culpable.

En ese momento, el Director vino a incordiarnos.

—¡Hola, coleguis! ¿Qué estáis haciendo?

—Investigar —contesté, porque no hay que mentir nunca.

Él se encogió de hombros como si no le diera importancia y nos dijo:

—Bribonzuelos, he organizado una presentación para que todo el colegio os conozca. Va a ser dentro de un rato, en el salón de actos.

No estábamos convencidos de que esa presentación fuera una buena idea. La señorita Jennings tampoco, pero había que seguir las instrucciones del Director. Eso no nos aportaba mucha información sobre cuál era la verdadera utilidad del mencionado Director, pero no queríamos llevarle la contraria a la señorita Jennings.

Dicen que el infierno está empedrado de buenas intenciones: significa que, aunque creas que estás haciendo algo bueno para ayudar, en realidad no estás ayudando en absoluto. Es mejor que cada uno se meta en sus asuntos.

Después del recreo, el Director reunió a todo el cole en el salón de actos y luego nos hizo subir a la tarima a los compis y a mí.

El Director les dijo a todos los demás alumnos:

—Os presento a nuestros nuevos amiguitos del colegio especial. Como ya sabéis, su colegio se ha inundado y se han trasladado aquí. Cuento con vosotros para recibirlos con los brazos abiertos.

Hasta ahí, la cosa no iba mal del todo. Pero, a continuación, el Director quiso que nos presentáramos. Nos tendió el micro a todos.

Obviamente, Yoshi no dijo nada de nada.

Artie se quedó mirando el micro sin querer tocarlo porque el Director acababa de espurriarlo con saliva y era un festival de bacterias, así que gracias, pero no.

Giovanni odia hablar en público y cedió el turno al siguiente.

Thomas prefirió hacer una demostración de kárate con la que todo el mundo se rio.

Otto no dejó escapar la ocasión de soltar una breve conferencia. Como se había quedado en la letra D pero ya no tenía permitido hablar de Divorcio, anunció por el micro que iba a hablar sobre la Democracia.

El Director lo interrumpió de inmediato diciéndole que no era buena idea.

La señorita Jennings, que estaba a nuestro lado, intervino para defender a Otto:

55

—¡Pero, hombre, déjelo hablar!

La señorita Jennings y el Director hicieron entonces un aparte. Nosotros, como estábamos justo al lado, lo oímos todo. Un aparte es cuando en el teatro dos personajes hablan bajito pensando que no se los oye aunque en realidad los espectadores lo están oyendo todo. Los padres, que son una especie de actores, hacen muchos apartes delante de los hijos.

El Director murmuró:

—No quiero que en el colegio se pronuncie ese tipo de palabra...

—¿*Democracia?* —se atragantó la señorita Jennings.

—Los padres tienen su propia sensibilidad...

—¿Y la hiere la palabra «democracia»?

—Escuche, señorita Jennings, esto es un centro público, no una monada de escuelita especial como la suya. El mes pasado, una profesora explicó en clase que el tomate es una fruta ¡y los padres se me echaron encima! Y, de todas formas, ¿qué espera que entiendan estos pobres críos de la democracia?

—Qué decepción —dijo la señorita Jennings—, lo tenía por alguien más valiente...

Al Director aquello le dolió en el alma. Como si no soportara que la señorita Jennings pensara que era un inútil.

—¿Sabe qué le digo? —exclamó—. ¡Que tiene toda la razón!

Entonces agarró el micro y, dirigiéndose a todos los presentes, dijo:

—Qué idea tan brillante de la señorita Jennings, que, definitivamente, aporta grandes ideas a nuestro colegio. El tema de este semestre será la democracia. Y da lo mismo que a vuestros padres les guste o no.

—¿Qué es la democracia? —preguntó un alumno desde las filas del salón de actos.

Otto cogió el micro de las manos del Director.

—«Democracia» viene del griego *demos*, pueblo, y *kratos*, poder. Significa que se le da el poder al conjunto del pueblo que dirige la vida política. Al contrario que en una dictadura, donde el poder lo tiene una sola persona. Ahora, algunos ejemplos de dictaduras...

—Muchas gracias —interrumpió el Director arrancándole el micro de las manos a Otto—. A nadie le apetece oír el nombre de dictaduras horribles y aún menos enfadar a nadie.

Dicho lo cual, volvió a hacer un aparte con la señorita Jennings:

—Señorita Jennings, tenemos que encontrar un hueco para reunirnos los dos y elaborar un programa sobre un tema tan noble.

A continuación, me pasó el micro:

—Te toca presentarte, hijita.

Obedecí:

—Hola a todos, me llamo Joséphine y de mayor quiero ser inventora de palabrotas. Algún día incluso haré un libro con todas las palabrotas que haya inventado, como, por ejemplo, «papel del culo».

Todo el salón de actos soltó una carcajada y el Director me retiró el micro de inmediato.

—Vamos mejorando —se lamentó antes de anunciarles a todos los demás alumnos—: Bueno,

bueno, pues se acabó la presentación. Como habéis podido comprobar, estos amiguitos son algo diferentes, así que cuento con vosotros para no burlaros de ellos.

Obviamente, era la frase que no había que decir.

Porque, cuando le pides a alguien que no se burle, eso es justo lo primero que hace. Y así fue como iban a ocurrir las catástrofes siguientes.

Capítulo 6
De la democracia

Después de la reunión en el salón de actos, todos los alumnos del cole empezaron a burlarse de nosotros. Sobre todo, Balthazar, un alumno mayor, más alto y más gordo que los demás, al que le dio por llamarnos «Rarunos». Al principio, conseguimos que no nos afectaran sus burlas. Decía que las conferencias de Otto no valían nada, pero nosotros sabíamos que Otto lo sabía todo sobre todo. Se burlaba de Thomas diciendo que no tenía ni idea de kárate, cuando resulta que su padre es profe de kárate, y es imposible no tener ni idea de kárate cuando tu padre es profe de kárate. Se burlaba de las enfermedades imaginarias de Artie y le tosía encima diciendo que acababa de contagiarle la leptospirosis, pero Artie sabía de sobra que los que transmiten la leptospirosis son los gatos y los conejos. Balthazar acabó por dar en el blanco burlándose de mí. Me dijo que era la inventora de palabrotas más inútil del mundo porque «papel del culo» era una palabrota que ya existía y que su padre la usaba todo el rato. Me dijo (literalmente):

—Mi padre, cuando está en el váter, muchas veces se pone a gritar: «¡No queda papel del culo!». Y hay que llevarle un rollo corriendo porque si no monta una buena.

Según la información obtenida gracias al testimonio de otros alumnos: «papel del culo», en efecto, era una palabrota que ya existía y que incluso cuenta con variantes como «papel de culo» y «papel *pa'l* culo».

A mí eso me dio muchísima pena porque era la primera palabrota que había inventado, y, encima, con ayuda de mi papá. Me eché a llorar desconsoladamente. Entonces mis compis, que son unos compis estupendos, decidieron defenderme. Se les ocurrió hacerle a Balthazar un bocadillo de caca o pegarle un buen puñetazo. Primero optamos por el bocadillo de caca, más que nada porque nos pillaban cerca los perros de las abuelas del parque, que eran auténticas fábricas de cagarrutas. Pero Artie nos contó que ingerir excrementos podía ser peligrosísimo y provocar enfermedades como el cólera, que por lo visto es una enfermedad terrible. Así que lo cambiamos por el puñetazo. El encargado de dárselo fue Thomas. Lógicamente, porque su padre es profe de kárate.

Thomas se fue a buscar a Balthazar al patio de recreo y le soltó un puñetazo tremendo «de parte de los que no tienen ni idea de kárate». Balthazar acabó sentado en el suelo y sangrando por la nariz. Se puso a llorar hasta que la señorita Jennings y el Director acudieron a toda prisa y lo llevaron a la enfermería.

El Director citó a Thomas en su despacho y, ya puestos, también a sus padres. El padre de Thomas estaba hecho una furia con su hijo porque parece ser que está prohibido hacer kárate cuando no se está en clase de kárate, e incluso llegó a amenazar a Thomas con castigarlo sin regalo de Navidad.

—Como no entres en razón —advirtió el padre karateca—, se lo voy a contar todo a Papá Noel.

Cuando Thomas nos contó aquello, todos le dijimos que no se preocupara y que testificaríamos a su favor en el tribunal de Papá Noel. Pero, por culpa del puñetazo, el cole convocó una gran reunión para todos los padres (sin sus hijos), en la que parece ser que los padres se portaron muy mal, cosa que no resulta sorprendente porque, normalmente, los padres siempre se portan mal. Vivimos en un mundo en el que la gente ya no sabe comportarse como es debido.

Los padres de los alumnos normales dijeron que les preocupaba muchísimo que sus hijos estuvieran en contacto con los niños del cole especial. Algunos padres hasta tenían miedo de que contamináramos a sus hijos, como si ser especial fuese una enfermedad. A la señorita Jennings le sentó fatal, nos defendió, sostuvo que, por el contrario, que estuviésemos todos revueltos era algo buenísimo, sobre todo con semejantes padres. Dijo que se llamaba «inclusión y tolerancia». El Director hizo hincapié en que la tolerancia era un valor esencial del colegio y que al día siguiente, sin más demora, iba a convocar otra vez a todos los alumnos en el salón de actos para hablarles de ella. A la señorita Jennings le pareció que celebrar otra reunión en el salón de actos era una idea pésima. El Director opinó, en cambio, que era una idea excelente. Por lo general, cuando el Director cree que una idea es buena es que es una mala idea.

Así fue como, al día siguiente de la reunión con los padres, el Director reunió a todos los alumnos del cole en el salón de actos y nos dijo:

—¡Esto es una democracia!

La democracia tenía una pinta estupenda. Aun así, levantamos la mano para preguntar qué era eso porque, a pesar de las explicaciones en griego de Otto, no nos habíamos enterado muy bien.

—«Democracia» —informó el Director— significa que somos todos iguales y cada uno debe respetar a los demás tal como son, y que cada uno tiene derecho a portarse como quiera sin que los demás se metan con él.

—¿Podemos hacer todo lo que queramos? —pregunté.

—Si respetáis las reglas, sí —precisó el Director.

—¿Qué reglas?

—Las reglas de la democracia.

La democracia tenía buena pinta, pero era un poco complicada.

—En la democracia —resumió el Director— podéis hacer todo lo que queráis siempre y cuando no molestéis a los demás.

Un alumno levantó la mano:

—Mi padre dice que los que no les gusta la democracia se llaman «fascistas».

—Es cierto —contestó el Director.

—Mi hermano ronca —intervino otro— y ese comportamiento me molesta. ¿Es un fascista?

—No —zanjó el director sin dar más explicaciones.

Yo también tenía una pregunta:

—¿Y si alguien te molesta sin hacer ruido?

El Director nos pidió que parásemos ya con las preguntas.

—En una democracia —señaló— vivimos juntos con nuestras diferencias. Voy a ser inflexible en ese aspecto: ¡en este colegio no habrá cabida para los intolerantes!

Entonces Artie se puso a llorar a voces, interrumpiendo al Director.

—¿Por qué lloras, bribonzuelo? —preguntó el Director.

—Porque soy intolerante a la lactosa —explicó Artie.

—Intolerante a la lactosa puede pasar —aseguró el Director antes de declarar solemnemente—: Se tolerará a los intolerantes a la lactosa.

Otro alumno levantó la mano para decir que él era intolerante al gluten. ¿También se iba a tolerar a los intolerantes al gluten? El Director zanjó el tema diciendo que se podía ser intolerante a todo menos a los demás niños. Y nos dijo que volviéramos a clase.

Más tarde, ese mismo día, el Director fue a vernos:

—Bribonzuelos, he tenido una idea.

Aunque no tuviéramos ni idea de qué se trataba, ya sabíamos que seguramente era una mala idea, como todas las suyas. Pero no dijimos ni pío. Hay que saber ponerse de perfil bajo.

—He decidido —siguió diciendo— que mañana empezaremos la jornada escolar con una larga sesión de deporte colectivo con la clase de Balthazar.

La señorita Jennings puso una cara rara.

—¿Está seguro de que es buena idea? —le preguntó al Director.

—¡Es una idea excelente! —contestó él entusiasmado—. El deporte es una forma maravillosa de estrechar lazos y hacer amiguitos fuera de la propia clase.

En ese momento comprendimos que el trabajo del Director consistía en tomar decisiones que, por lo general, no solían ser muy buenas.

*

—¿Por qué las decisiones no suelen ser buenas? —quiso saber mi madre, que hasta entonces me había estado escuchando muy atenta.

—Porque todo eso fue lo que condujo a la muy catastrófica visita al zoo —le expliqué.

—¿Qué tiene que ver una clase de gimnasia con la visita al zoo de esta tarde? —preguntó mi padre.

Me zampé un pedacito de bizcocho de zanahoria y clavé el tenedor en el siguiente.

—La clase de gimnasia acabó en catástrofe.

Capítulo 7
La clase de gimnasia

Así pues, a la mañana siguiente, en el cole, nos encontramos con que nos habían juntado con la clase de Balthazar para la dichosa clase de gimnasia que había organizado el Director.

Estábamos fuera, en el terreno de deportes, que es enorme y tiene una pista de atletismo, un campo de fútbol y un montón de instalaciones más que no sabemos para qué sirven. Hacía frío y estábamos bastante nerviosos. Balthazar andaba pegando saltos y diciendo que, hiciéramos lo que hiciésemos, nos iba a espachurrar a todos, lo cual no era un comportamiento muy democrático.

Los compis y yo nos quedamos muy juntitos. Yoshi había llevado un balón de fútbol firmado por un famoso jugador inglés. Thomas propuso que diéramos unos pases, pero Yoshi nos vino a decir que ese balón era un tesoro y no se podía jugar con él.

Hasta que llegó el Director en compañía de un señor bajito y flacucho.

La señorita Jennings, que estaba con nosotros, enseguida avisó al Director de que la clase de gimnasia no era una buena idea.

—*Mens sana in corpore sano* —decretó él.

Que en latín significa «una mente sana en un cuerpo sano».

—Y, encima, hace frío —protestó la señorita Jennings—. En estas fechas, habría que dar las clases de gimnasia bajo techo.

—Así se hacen fuertes —explicó el Director—. Ya se van a pasar el resto del día entre cuatro paredes. Fíese de mi dilatada experiencia pedagógica, señorita Jennings, estos bribonzuelos tan monos necesitan airearse el cerebro a toda costa.

—¿Nos va a abrir la cabeza? —se preocupó Artie.

El Director respondió que nadie le iba a abrir la cabeza a nadie. Luego se volvió hacia el señor bajito y flacucho que iba detrás de él:

—Señor André, los dejo a su cargo. Hasta dentro de un rato, niños. Venga, señorita Jennings, vamos a mi despacho a tomar un café y podremos hablar del programa.

—Debería quedarme... —sugirió la señorita Jennings.

Pero el Director insistió:

—No se agobie, están en buenas manos. Fue usted quien dijo que quería que le echásemos un vistazo al programa sobre la democracia.

La señorita Jennings y el Director se marcharon, y el señor André, el profe de gimnasia, nos miró con cara de pasmo. Era tan bajito y tan flaco que casi daba miedo que se lo llevara el viento. Nos condujo delante de una estructura metálica de la que colgaba una hilera de cuerdas y nos dijo con voz temblorosa:

—Hoy, escalada de cuerda militar. ¡Hala, marchando! ¡Todos a trepar!

Balthazar tensó los músculos y se abalanzó antes que nadie hacia una cuerda. Subió como un mono y bajó como un bombero.

—¡Siguiente! —berreó el señor André, mirándonos.

—¿Tenemos que subir hasta ahí arriba? —se inquietó Otto.

—Sí.

—¿Y si no queremos?

—¡Es obligatorio! —dijo el señor André.

—¿Quién nos obliga?

—Yo —decretó el señor André.

—¿Con qué derecho? —repliqué yo.

—Es lo que hay. Soy el profesor.

Artie preguntó cuánto medían las cuerdas. El señor André contestó que «tres metros» y Artie, que es hipocondriaco y por lo tanto sabe un montón sobre riesgos, nos explicó que tres metros eran más que suficientes para que nos rompiéramos la columna vertebral y acabásemos paralíticos para toda la vida.

—¿Quién quiere quedarse paralítico para toda la vida? —preguntó Artie a la galería.

—¡Yo no! —contestamos todos, menos Yoshi, que no habla.

Balthazar se apresuró a trepar otra vez hasta lo alto de la cuerda.

—Bravo —lo felicitó el señor André—. Aquí tenemos a un chico resuelto. ¡Siguiente!

Y nos miró con expresión apremiante.

—No, muchas gracias —lo rechazó Giovanni—. Pero Balthazar puede subir por nosotros, parece que le gusta.

—No os he preguntado qué opináis —se impacientó el señor André—. Os estoy ordenando que subáis uno tras otro.

—No estamos tan locos —replicó Artie—. No vamos a subir a esas cuerdas arriesgándonos a quedarnos paralíticos para toda la vida.

A Thomas le extrañó que un profe de gimnasia no estuviera más cachas.

—¡Demuéstrenos que es profe de gimnasia! ¡Enséñenos el diploma!

—¡El diploma, el diploma! —gritamos todos.

Otto le preguntó al señor André si no nos estaría pidiendo que hiciésemos algo que él mismo no podía hacer.

—¡Por supuesto que puedo! —se picó el señor André—. ¡Pero os ordeno que lo hagáis vosotros!

—¿Y por qué no lo hace usted? —preguntó Otto.

—¡Porque es lo que hay! ¡Las decisiones las tomo yo!

Le hicimos notar que hablar así no era muy democrático. Entonces el señor André dijo:

—Ah, ¿que queréis democracia?

—¡Sí! —gritamos todos.

—¡Pues os voy a dar democracia!

Estábamos encantados porque la democracia parecía una pasada.

—Vais a subir por orden alfabético —anunció el señor André.

Se volvió hacia Yoshi:

—¿Cómo te llamas? —ladró.

Como Yoshi no habla, contestamos por él: «Yoshi con Y».

Entonces el señor André se volvió hacia Artie y le preguntó cómo se llamaba. Y, como Artie contestó que «Artie», el señor André le dijo que subiera por la cuerda a continuación.

—¿Por qué yo? —lloriqueó Artie.

—Porque tu nombre empieza por A —contestó el señor André.

—Eso es discriminatorio —se defendió Artie—. No es culpa mía que mis padres me llamaran Artie en lugar de Zacharie.

Nos pusimos a debatir: ¿cuál sería el mejor nombre para que te tocara el último en clase de gimnasia? Llegamos a la conclusión de que sería Zutano.

—Si yo tengo un hijo, lo llamaré Zutano —anunció Artie.

Giovanni apuntó que Zutano no era un nombre de verdad. Dicho lo cual, estuvimos todos de acuerdo en que en una auténtica democracia todo el mundo debería llamarse igual para que la clase de gimnasia fuese igualitaria.

—Pero, si todos nos llamamos igual, ¿cómo vamos a reconocernos? —preguntó Otto.

—Podríamos tener un número detrás del nombre.

—Pero el número tendría que ser el mismo para todos, porque, si no, no seríamos iguales —observé.

Así que nos preguntamos si realmente sería posible que existiera la igualdad absoluta. Pero no pudimos profundizar mucho porque el señor André se puso a gritar que le estábamos poniendo la cabeza como un bombo con tanta pega.

—¡Artie, tu nombre empieza por A, así que vas a subir primero! —ordenó el señor André.

—Espere —protestó Artie—, puede que algún alumno de los que están aquí también tenga un nombre que empiece por A.

Todos los niños presentes dijeron cómo se llamaban y ningún otro nombre empezaba por A. Entonces le pregunté al señor André cómo se llamaba él.

—¿Y a ti qué te importa? —se impacientó el señor André.

—Para saber a quién le toca subir el primero, todo el mundo tiene que decir cómo se llama.

Chillamos:

—¡Que lo diga, que lo diga!

Hasta que el señor André acabó susurrando:

—Abraham...

Con un nombre que empezaba con una A y luego una B, el que tenía que subir por la cuerda era el señor André. Gritó que no tenía la menor intención de obedecernos, pero todos coreamos:

—¡DE-MO-CRA-CIA! ¡DE-MO-CRA-CIA!

Entonces el señor André dijo que «vale». Se agarró con las manitas flacas a una cuerda y trepó hasta arriba del todo. Pero, cuando llegó al final, se soltó y se estampó contra el suelo como un fardo.

El pobre señor André se puso a gritar que se había lesionado de la cabeza a los pies. Y nosotros, como no sabíamos qué hacer, nos pusimos a gritar también.

Acudieron varios profesores para ayudar al señor André y llevarlo a enfermería, y entonces llegaron el Director y la señorita Jennings.

La señorita Jennings sugirió que dejásemos la clase de gimnasia por hoy. Pero el Director replicó:

—¡Si te caes de la montura, levántate con premura!

Quise señalarle que el señor André no se había caído de un caballo sino de una cuerda, pero no creo que valga la pena buscarle lógica a lo que dice el Director.

Fue entonces cuando este vio el balón de fútbol que estaba sujetando Yoshi.

—¡Anda, pues ya está! —dijo—. Vamos a jugar al fútbol, a todo el mundo le gusta el fútbol.

Los compañeros de clase de Balthazar se pusieron a dar gritos de alegría porque les encantaba el fútbol. Nosotros tratamos de explicarle al Director que el balón de Yoshi era por encima de todo un tesoro firmado por una estrella. La propia señorita Jennings se lo dijo:

—No es buena idea.

El Director le preguntó a Yoshi:

—Bribonzuelo, ¿te importaría prestarme el balón?

Obviamente, Yoshi, como no habla, no le contestó.

—Quien calla otorga —declaró el Director, que a todas luces es aficionado a los refranes.

Y, sin más tardar, le cogió el balón de las manos a Yoshi y lo mandó con un chute magistral hacia el campo de fútbol.

Todos nos abalanzamos en un intento de alcanzar el balón de Yoshi, que es un tesoro y no un balón de fútbol. Pero el patadón del Director había sido tan tremendo que subió volando por los aires, pasó por encima de la valla del campo de fútbol y acabó aterrizando en la carretera que pasaba al lado y luego rodó por un terraplén.

Así que nos abalanzamos hacia la carretera para llegar al terraplén y recuperar el valioso balón. El Director llegó detrás de nosotros, hecho una furia y jadeante por haber corrido.

—¡Estáis locos! —bramó—. ¡No se cruza la carretera sin mirar! ¡Es peligrosísimo!

Decretó entonces que se suspendía la clase de gimnasia y que iba a organizarnos una clase de seguridad vial para enseñarnos lo que es la vida. Aunque más bien era para enseñarnos a cruzar, pero no dijimos nada. Es lo que se llama ponerse de perfil bajo.

Así fue como la catastrófica clase de gimnasia nos llevaría a la catastrófica clase de seguridad vial.

Capítulo 8
La clase de seguridad vial

Unos días después de la catastrófica clase de gimnasia, vino al cole un poli de verdad para darnos una clase de seguridad vial.

Estábamos superemocionados porque íbamos a ver de cerca a un poli de verdad. Y, sobre todo, muy impacientes por hablarle de nuestra investigación. Seguro que podía ayudarnos a resolver los dos misterios que obstaculizaban el camino hacia la verdad: ¿quién era el dueño del cole? ¿Y era válida la coartada del conserje?

El poli llegó montado en un coche patrulla que nos dejó impresionadísimos. Estábamos acechando su llegada desde el patio de recreo y, en cuanto divisamos el vehículo flamante y cubierto de luces giratorias, nos lanzamos hacia el aparcamiento para ofrecerle al visitante un recibimiento digno de semejante eminencia.

El Director echó a correr detrás de nosotros para impedírnoslo.

—Mal empezamos con la seguridad vial —se impacientó—. ¡Haciendo el ganso en un aparcamiento!

Le explicamos que era para ver de cerca el coche patrulla y nos dijo que nos pusiéramos por parejas y lo siguiéramos.

Cuando llegamos al coche, el poli estaba saliendo. Tenía una pinta imponente con el uniforme y el pistolón colgando del cinto. Nos saludó muy amable. Entonces le preguntamos si podía encender la sirena y las luces, lo hizo y nos pareció genial. Thomas preguntó si podíamos dar una vuelta en coche con la sirena. Pero el poli nos explicó que eso solo se hacía en caso de emergencia.

—¡Un trayectito de nada, porfi! —suplicó Giovanni.

—No —contestó el policía.

—Es que nos hace mucha ilu —insistió Giovanni.

El policía se mostró inflexible:

—Lo prohíbe la ley.

—¿Es buena una ley que impide cumplir las ilusiones de los niños? —preguntó Otto.

El poli se rascó la cabeza y contestó:

—¡La ley es la ley!

Tras lo cual, escoltamos al policía hasta nuestra aula y nos sentamos todos en corro para escucharlo.

Yo enseguida levanté la mano para preguntarle algo.

—Dígame, señorita.

—Nos hemos fijado en que lleva una pistola al cinto y nos estábamos preguntando si va a matar a alguien...

—Claro que no —contestó el poli con cara sorprendida.

—Si contestamos mal a sus preguntas, ¿nos pegará un tiro? —se preocupó Artie.

—No.

—Pero ¿podría hacerlo?

—No, no podría.

—¿Por qué no? —inquirió Thomas.

—Porque no se dispara a los niños.

—¿Ya le ha disparado a algún adulto? —preguntó Giovanni.

—No.

—¿Por qué?

—Porque no le voy pegando tiros a la gente.

—¿Ni siquiera a los ladrones? —insistió Thomas.

—Ni siquiera a los ladrones —contestó el poli.

—¿Por qué no?

—Los que persiguen a los ladrones son mis compañeros, no yo.

—¿Es un poli negado y por eso no persigue a los ladrones? —preguntó Otto.

—Escuchad, niños —explicó el poli muy tranquilo—, cada policía tiene una misión distinta. La mía es ir a los colegios para asegurarme de que los niños cruzan la calle de forma segura.

—Si a un niño lo atropella un coche, ¿pone usted la sirena?

—En caso de accidente no me llaman a mí. Como ya os he dicho, cada policía tiene...

Giovanni lo interrumpió:

—Sí que tiene que ser negado si nunca lo llaman para nada.

—Como ya os he dicho... —intentó defenderse el policía sin perder la calma.

Pero tampoco pudo terminar, por culpa de Otto esta vez:

—¿Para qué lleva una sirena si no la pone nunca?

—¡Y una pistola tan chula si no sirve para nada! —añadió Thomas.

Le exigimos al policía que nos diera la pistola, puesto que no la usaba en absoluto. Pero el poli contestó que ni hablar.

—Cuando tengo juguetes que ya no uso —comenté—, mamá se los da a la gente que no tiene.

—Eso es muy generoso —dijo el poli.

—Pues resulta que nosotros no tenemos pistola —argumenté—. Así que sería un detallazo que usted nos diera la suya...

Aquí fue cuando el Director empezó a enfadarse:

—Niños, olvidaos de la pistolita, ¿queréis? El señor policía ha venido para hablar de seguridad vial. Así que ahora a callar y a dejar que hable él.

Nos callamos todos y el policía empezó la clase.

—Debéis saber, niños, que el gran peligro de la carretera son los coches.

Thomas levantó la mano. El poli se interrumpió:

—Dime, hijo.

—¿Se pueden decir palabrotas dentro de un coche?

—No —contestó el policía.

Nos echamos a temblar, porque los padres de todos nosotros dicen palabrotas dentro del coche. Thomas añadió:

—Mi padre dice montones de palabrotas cuando va conduciendo. Mamá dice que cuando se sienta al volante se vuelve loco...

—¿Va a pegarle un tiro al padre de Thomas por estar loco? —preguntó Otto.

Thomas se echó a llorar porque el poli le iba a pegar un tiro a su padre, pero el poli lo tranquilizó:

—No le voy a disparar a nadie, te lo prometo.

—Pues entonces, ¡denos la pistola! —protestamos todos.

El policía respiró muy hondo y luego dijo:

—Bueno. Vamos a centrarnos en las normas de tráfico. El gran peligro para los peatones es cruzar sin mirar.

Nosotros no estábamos para nada de acuerdo. Y levantamos la mano para hacérselo saber.

—¿Qué pasa ahora? —preguntó el policía.

—Se puede cruzar perfectamente la carretera sin mirar —dije—. El que debería mirar por dónde va es el conductor.

—No, no podéis cruzar sin mirar antes —dijo el poli.

—Los ciegos —observé yo— ¿tienen permitido cruzar la calle, sí o no?

—Sí —admitió el poli.

—Pero a los ciegos no se les permite conducir, ¿no?

—Así es.

—Pues ahí lo tiene: ¡cuando hace falta mirar es cuando se conduce!

El poli se rascó la cabeza. Decidió llevarnos fuera para un ejercicio práctico. Nos pusimos al borde de la carretera que hay delante del cole. El poli señaló las rayas del paso de peatones y nos explicó que íbamos a cruzar todos juntos. Pero nosotros, antes de cruzar, queríamos hablar.

—¿De qué queréis hablar ahora? —preguntó el poli, al que cada vez le costaba más disimular lo harto que estaba.

—Queremos hablar de las rayas del suelo —contestó Artie—. ¿Por qué han puesto unas rayas en lugar de pintar todo el asfalto? Se vería mucho mejor.

—Es verdad —lo secundó Otto—. Si hay rayas, será por una buena razón, ¿no?

—No tengo ni idea —confesó el poli.

—¿Cómo que no tiene ni idea? —se indignó Thomas—. El poli especializado en tráfico es usted, si existe alguien que entienda de pasos de peatones, ¡debería ser usted!

—A lo mejor es para saltarlas —sugerí yo.

—¿Saltarlas? —repitió el poli sin entenderlo.

—Saltar por encima de las rayas. O saltar de raya en raya sin tocar el suelo que hay entre ellas.

—Si fallas una, ¡estás muerto! —chilló Artie.

—¡Que no se va a morir nadie! —repitió el poli.

—Lo que sí es seguro —dijo Otto— es que las rayas son o para pisarlas obligatoriamente o para no tocarlas en absoluto...

—Sí que se pueden pisar —zanjó el poli.

—¿Hay que tocar una raya con cada pie? —quiso saber Giovanni—. ¿Y con qué pie hay que empezar?

—¿Y por qué las rayas no van en el otro sentido? ¡Sería mucho más lógico!

—No lo sé —admitió el poli—. Basta con pasar de una acera a otra dentro del límite marcado en el suelo.

—¡Pues enséñenos cómo, ya que se lo sabe tan bien! —le dijo Otto.

—Ni que fuera tan difícil —se impacientó el poli—, ¡la carretera se cruza así!

Y, según lo dijo, el poli se lanzó por el paso de peatones. Lo malo fue que el coche que circulaba por allí en ese preciso instante no miró bien y se le echó encima.

El poli acabó tirado en el suelo, quejándose. Tenía pinta de dolerle mucho. Todo el mundo se puso a gritar: el poli, Artie, el conductor del coche que no paraba de decir: «¡Pero, hombre, antes de cruzar la carretera hay que mirar!».

Hasta que le explicamos que quien tenía que mirar era el del coche.

—¿A los ciegos se les permite cruzar la carretera? —le pregunté al conductor.

—Esto..., sí.

—¿A los ciegos se les permite conducir?

—No.

—¡Pues ya está! O sea, que para cruzar, no hace falta saber mirar, pero para conducir sí que hay que mirar.

Llegó una ambulancia y otra vez se armó jaleo.

—Vamos, niños —dijo el Director—, os llevo de vuelta a clase.

—¿Y la clase de seguridad vial? —preguntó Otto.

—¡Se suspende! —berreó el Director, que no parecía muy contento.

Con eso de suspender primero la clase de gimnasia y luego la de seguridad vial, nos empezábamos a preguntar si el trabajo del Director no sería ser suspendedor de clases.

Volvimos a nuestra aula.

Nos fastidiaba que el poli se hubiera hecho daño y también nos fastidiaba que no habíamos podido contarle lo de nuestra investigación. Pero la buena noticia fue que, gracias al Director, pronto volveríamos a ver al poli.

Capítulo 9
¡Todos al hospital!

Debido al accidente que sufrió el poli, el Director organizó una visita al hospital.

—Cuando se le hace daño a una persona, hay que ir a ver cómo está —nos explicó.

Otto, cuyos padres están divorciados, le contó al Director que su madre decía que su padre le había hecho mucho daño, pero que su padre no es que fuera mucho a ver cómo estaba. El Director no supo muy bien qué responderle.

Así que fuimos todos al hospital con él y la señorita Jennings, en el autobús del cole. A Artie le preocupaba subir en el autobús por culpa de las enfermedades, aunque también le tranquilizaba que fuésemos al hospital porque allí podrían curarnos inmediatamente en caso de contagio generalizado. En el autobús, le preguntó al Director:

—¿Podremos visitar los quirófanos?

El Director lo miró con expresión severa:

—¡No! No hemos venido a pasarlo bien, sino a disculparnos y hacer propósito de enmienda.

Como me encanta la repostería, me pareció estupendo lo de la proposición de merienda. Pero Artie señaló que la merienda tendríamos que llevarla hecha porque lo cierto es que en los hospitales no te dejan cocinar, y Artie sabe mucho de hospitales porque se pasa la vida yendo. Giovanni añadió que, de haberlo sabido, le habría dicho al cocinero de restaurante que preparase una proposición de merienda para todo el mundo.

—A ver, aunque suenen parecido, ni «propósito» es «proposición» ni «enmienda» es «merienda» —nos explicó el Director, al que le encanta ir de listo—. «Propósito de enmienda» significa que vamos a hacer lo posible para que no vuelva a pasar algo así.

En realidad, lo que había pasado no había sido culpa nuestra sino del coche, pero no dijimos nada. Y, además, nos alegrábamos de ir a disculparnos y hacerle una proposición de merienda al poli porque así podríamos volver a verlo y contarle lo de nuestra investigación, que no había avanzado mucho.

Cuando llegamos a la habitación del poli, lo estaba auscultando un médico. El poli nos recibió con una sonrisa de oreja a oreja y el médico dijo que éramos un encanto por ir a ver al poli. Artie lo que estaba era encantado de ver a un médico de verdad.

—Nos habría gustado ir a visitar los quirófanos —le dijo—, pero hemos venido a disculparnos y hacer una proposición de merienda.

—Pues acepto esa merienda de mil amores —dijo el poli—. La comida que me han traído a mediodía no estaba muy allá, así que no me importaría picar algo...

Al Director se le ocurrió entonces ir a la cafetería.

—Venga conmigo —le sugirió a la señorita Jennings—. Así aprovechamos para tomarnos un cafelito y hablar del programa.

—No es buena idea dejar a los niños solos —se preocupó ella.

—Están con un policía —le hizo notar el Director—. ¿Adónde quiere que vayan?

La señorita Jennings cedió. Ella y el Director se fueron a la cafetería del hospital. A nosotros nos venía de miedo que se hubieran marchado a tomar cafelitos porque así podíamos saltarnos la proposición de merienda y pasar directamente a la investigación.

Le expliqué al policía que estábamos investigando la inundación de nuestro cole especial. Le conté la chapuza de investigación del jefe de bomberos, la sesión que habíamos tenido con la abuela de Giovanni, que es especialista en series policiacas, y que nuestra lista de sospechosos se reducía a dos personas: el dueño del cole, cuyo móvil era cobrar el seguro, y el conserje, cuyo móvil era no tener que trabajar porque el cole estaba cerrado.

—El conserje podría tener una coartada —indiqué—. Su madre se rompió la pierna el día de la inundación y por lo visto él la acompañó al hospital.

El poli estaba impresionado con nuestra investigación. Después de reflexionar un momento, nos dijo:

—El dueño del colegio es el Ayuntamiento. Y, podéis creerme, no tiene el menor interés en deteriorar sus propios edificios. Las obras para repararlo van a ser un engorro tremendo y probablemente tendrá un seguro muy malo.

—¿Así que podemos eliminar a ese sospechoso de la lista? —pregunté.

—Sí.

—Entonces, ¡ha tenido que ser el conserje!
—zanjó Thomas.

—No tan deprisa —dijo el poli—. Lo primero que hay que hacer es comprobar su coartada. Si su madre de verdad fue al hospital, se puede comprobar fácilmente porque en esta ciudad solo hay un hospital, que es donde estamos ahora mismo.

Había sido un acierto hablar con el poli. Se levantó de la cama (no parecía que estuviera tan grave), rebuscó en la mesilla de noche y sacó la placa de policía. Todos quisimos tocarla, menos Artie, por las enfermedades.

—Seguidme —dijo el poli mientras salía de la habitación.

Salimos todos tras él.

El poli estaba graciosísimo: llevaba un camisón del hospital y se le veía el culo. Nos condujo hasta la recepción y le enseñó la placa de policía a la empleada que atendía el mostrador. Era como en las series policiacas de la abuela de Giovanni, salvo que en las series a los polis no se les ve el culo.

Como no sabíamos cómo se llamaba la madre del conserje, el poli calculó hacia atrás mentalmente para saber cuándo había sido la inundación y le preguntó a la empleada si ese día había ingresado una señora con la pierna rota.

A la empleada la fastidiaba tener que darle información a un poli con el culo al aire, pero, como no se le puede negar nada a una placa de policía, miró en el ordenador y nos dijo:

—Pues sí, una tal Miranda Saltmaner.

Nosotros no teníamos ni idea de si era la madre del conserje, pero, como la señora seguía ingresada, el poli preguntó en qué habitación estaba y lo seguimos por los pasillos hasta una habitación donde había una señora mayor con la pierna rota y que pareció alegrarse mucho de vernos.

—¡Una visita! —exclamó—. Hola, queriditos, ¿queréis unos caramelos?

Todos cogimos un caramelo y luego le explicamos que estábamos investigando la inundación de nuestro cole.

—¿Sois los niños del colegio especial? —dijo.

—¿Conoce nuestro cole? —me sorprendí.

—Mi hijo es el conserje.

Entonces el poli le preguntó a la señora cuándo se había roto la pierna: en efecto, fue el mismo día de la inundación. Y su hijo se había quedado con ella hasta última hora de la tarde.

—¡Vaya —exclamó Giovanni—, el conserje no es el culpable!

—¿El culpable de qué? —preguntó la señora.

—De la inundación.

Así que le explicamos que la estábamos investigando.

—El conserje —dijo el poli— podría haber vuelto al colegio durante el fin de semana para provocar la inundación...

—¿Mi hijo? —se quejó la señora, muy afectada—. ¿Inundar el colegio? Jamás haría algo así. ¿Y sabéis lo que me ha contado? Que, según las últimas noticias, no está claro que el Ayuntamiento mantenga el colegio especial en ese edificio y que él podría perder su trabajo.

Nos dio mucha pena enterarnos de que el conserje podría quedarse sin trabajo. Lo cual nos confirmaba que él no había sido el inundador. Y también era un fastidio porque ahora la lista de sospechosos estaba vacía. Si no lo habían hecho ni el dueño del cole ni el conserje, entonces ¿quién era el culpable? ¿A quién beneficiaba la inundación del cole?

Estábamos todos tan desanimados que nos entraron ganas de llorar. Pero el poli nos dijo:

—Arriba esos ánimos, chicos —normalmente, los polis suelen decir «arriba las manos», pero este poli debía de ser distinto—, tiene que haber alguna pista que se nos haya pasado.

—¿Qué pista se nos ha pasado? —inquirió Otto.

—No lo sé —dijo el poli—, pero vamos a averiguarlo. ¿No hubo nada que os llamara la atención *in situ*?

—¿*Inqué?* —pregunté yo.

—En el lugar de los hechos, en el colegio. En las investigaciones hay que registrar el lugar donde se ha cometido el crimen para buscar pistas.

Era una idea estupenda. El día que se descubrió la inundación no habíamos podido hacerlo porque estaban delante nuestros padres, la profe, los bomberos y demás. Así que el poli decretó:

—¡Vamos ahora mismo!

No podíamos ni imaginar lo que íbamos a encontrarnos.

Capítulo 10
¡Todos al cole!

Gracias a la ayuda del poli, la investigación iba a tomar otro rumbo.

Lo seguimos hasta el autobús escolar que estaba esperando en el aparcamiento del hospital. No habíamos vuelto a ver aún al Director ni a la señorita Jennings, que, a todas luces, estaban ocupadísimos tomando cafelitos. Nos venía muy bien: sabíamos que nunca habrían accedido a que fuéramos a investigar al cole especial. Y pensamos que nos daba tiempo a ir y volver sin que se dieran cuenta de nada.

El poli le dijo al conductor del autobús que regresábamos todos al cole y el conductor arrancó sin hacer preguntas.

Se nos hizo muy raro volver al cole especial.

El edificio estaba rodeado de vallas de obra y en una habían colocado un letrero grande en el que ponía PROHIBIDO EL PASO. No había nadie que nos impidiera pasar y, de todas formas, como íbamos con un poli, podíamos entrar donde quisiéramos. Así que sorteamos las vallas y entramos.

Encontramos nuestra aula. En realidad, ya no era del todo nuestra aula. El suelo estaba asqueroso y seguía mojado. Todo estaba sucio. Habían apilado las mesas y las sillas en un rincón. La pared estaba manchada.

—Pues sí que ha causado daños el agua —comentó el poli.

Luego lo llevamos a los servicios, donde había empezado la inundación. En el suelo de los servicios aún había una capa de agua.

El poli inspeccionó los lavabos que alguien había desatascado, los bomberos seguramente. Eran seis lavabos colocados en hilera.

Nosotros no sabíamos muy bien qué mirar para encontrar pistas, pero el poli parecía saber lo que estaba haciendo. Estuvo mucho rato callado y poniendo cara de poli. Hasta que nos dijo:

—Tantos daños solo se explican si los seis lavabos se atascaron al mismo tiempo y los grifos se quedaron abiertos todo el fin de semana.

—En efecto, esas fueron las conclusiones del jefe de bomberos —indiqué yo—. Lavabos atascados con plastilina.

El poli abrió al máximo los seis grifos a la vez y fue al aula y luego al vestíbulo del cole.

—Escuchad, niños... Desde aquí se oye con toda claridad cómo corre el agua. Eso significa que, aunque el conserje no estuviera, la última persona que salió del cole tuvo que oír sí o sí el agua corriendo en los servicios...

—Normalmente, el que cierra el cole es el conserje —dije—, pero el día de la inundación estaba con su madre en el hospital. Así que la última persona que salió del cole tuvo que ser la señorita Jennings.

—O sea, que, si los grifos estaban abiertos, la señorita Jennings tuvo que haberlos oído sí o sí —dedujo el poli.

—Entonces, ¿por qué no los cerró, si los estaba oyendo? —preguntó Otto.

—Porque en ese momento no estaban abiertos —sugerí yo.

—O porque la inundadora fue ella —dijo Thomas.

El policía asintió muy serio. Nosotros nos miramos, inquietos. ¿La señorita Jennings podría haber inundado el cole? ¿Por qué iba a hacer algo así?

A continuación, el poli examinó todas las ventanas y la puerta principal.

—No hay indicios de efracción —constató.

—¿Las fracciones tienen índices? —preguntó Giovanni.

—Quiero decir que no hay señales de rotura —explicó el poli, que tenía pinta de ser muy buen poli—. Nadie ha intentado romper ningún cristal ni forzar la cerradura para entrar en el colegio.

—¿Adónde quiere usted llegar, señor policía? —pregunté.

—La persona que inundó el colegio tenía la llave —dijo el poli con tono solemne—. ¿Queréis oír mi hipótesis?

Todos gritamos que sí, menos Yoshi, que no habla, y Thomas, que no sabía lo que era una hipótesis. Giovanni explicó que en las series de su abuela, cuando el investigador cree que ha encontrado al culpable, cuenta cómo y por qué ha actuado. Y, mientras el investigador habla, en la tele se ven las imágenes del criminal en acción.

El poli nos propuso contarnos su hipótesis como en una serie:

—La señorita Jennings llevaba ya un tiempo dándole vueltas a la idea de inutilizar el colegio. ¿Por qué motivo? Aún no lo sabemos. Pero tenía un plan: inundar el colegio de forma que pareciera una desgracia fortuita, un despiste de esos alumnos suyos tan especiales. Sabía lo que debía hacer: utilizar uno de los juegos favoritos de uno de sus alumnos, la plastilina, para atascar los lavabos. Y luego dejar el agua corriendo todo el fin de semana. Aunque le faltaba encontrar el momento adecuado para actuar. Eso se llama «oportunidad». Esta se presentó el famoso día en que el conserje le dijo que tenía que ir a acompañar a su madre, que se había roto una pierna. «Váyase tranquilo a cuidar de su madre —dijo la señorita Jennings—. Ya lo cerraré yo todo, no se preocupe». El conserje se marchó. Terminó la jornada escolar. Cuando los alumnos se hubieron ido, la señorita Jennings se quedó sola. Se apresuró a atascar los lavabos con plastilina, abrió los grifos y se fue. Cerró la puerta del colegio con doble vuelta y una sonrisa malvada.

En el vestíbulo de nuestro cole especial inundado, nos quedamos todos de piedra con la hipótesis del poli. En un abrir y cerrar de ojos, la señorita Jennings se había convertido en nuestra sospechosa número uno.

—Por lo general, el sospechoso siempre está ahí mismo, delante de nuestras narices —dijo el poli—. A veces incluso sigue en el lugar del crimen, metido entre los mirones.

En efecto, la señorita Jennings estaba en el lugar del crimen la mañana en que se descubrió la inundación, pero no dejaba de ser algo normal porque se trataba de su cole.

—Y ahora ¿qué hacemos? —preguntó Giovanni—. ¿Avisamos a la policía?

—Yo soy la policía —le recordó el poli—. Ahora lo que necesitamos son pruebas. No se puede acusar a nadie sin pruebas.

—Usted acaba de acusar a la señorita Jennings —observé yo.

—No, yo he planteado una «hipótesis» —matizó el poli—. Ahora, lo que necesitamos son pruebas concretas. Y un móvil. ¿Por qué vuestra profesora iba a querer inundar el colegio?

No tuvimos tiempo de seguir hablando del tema porque en ese momento vimos precisamente a la señorita Jennings y al Director, que venían corriendo por el parque que hay delante del cole. Salimos todos del cole especial y la señorita Jennings se abalanzó hacia nosotros llorando:

—Chiquitines míos, qué miedo he pasado, pensé que os había perdido... Pero ¿qué estáis haciendo ahí dentro? Es muy peligroso, el suelo podría hundirse.

El Director parecía estar enfadadísimo. Se puso a gritarle al poli:

—Pero ¿cómo ha podido ser tan insensato? ¡Se ha ido con este grupo de alumnos sin avisarme! ¡Ha cogido el autobús escolar para traer a los niños a este colegio en ruinas! ¿Está mal de la cabeza o qué?

—Fue usted quien se marchó a la cafetería —le hizo notar el poli.

—¡Porque usted me lo pidió! —replicó el Director.

—Pero ¡qué descaro! —argumentó el poli—. Si era usted el que parecía encantado de poder marcharse a tomar café con su novia.

—¿A usted quién le ha dado vela en este entierro? —se indignó el Director—. ¿Y qué pinta con el camisón del hospital? Todo el mundo le está viendo el culo, ¿le parece que es un espectáculo apto para niños? ¡Niños especiales, para más inri!

—¿Qué significa eso de «especiales»? —preguntó el poli.

—Pero ¿es que no ve que son diferentes? —gritó el Director.

—¡Soy policía —se defendió el poli—, no niñólogo!

—¿Qué es eso de «niñólogo»? —dijo el Director, ofuscadísimo.

—¡Un especialista en niños! —contestó el poli.

—¡Madre mía! ¡Eso de «niñólogo» no significa nada! Debería usted volver a la escuela, señor mío.

—¡Porque usted lo diga, señor Sabelotodo! ¡Y que sepa que no soy nada suyo!

El Director y el poli siguieron gritándose. La señorita Jennings nos pidió que nos cogiéramos de la mano y volvimos a nuestra clase.

Yo le di la mano a la señorita Jennings y me quedé mirándola atentamente.

Me pregunté qué nos estaría ocultando.

Capítulo 11
La asamblea de padres

Los días posteriores nos los pasamos estudiando el comportamiento de la señorita Jennings. Lo único que podíamos decir era que siempre estaba de buen humor, amable, jovial, cariñosa y pendiente de nosotros.

Al domingo siguiente, Giovanni nos invitó a su casa para continuar preguntándole cosas a su abuela. La abuela sentenció que la culpable seguramente era la señorita Jennings.

—Lo cierto es que tanta amabilidad da muy mala espina —dijo—. Además, en mis series, la que comete el crimen siempre es la mujercita guapa.

—¿Por qué? —pregunté.

—Para librarse del marido y echarse un amante.

—¿Y para qué se echa una manta? La verdad es que la señorita Jennings es bastante friolera... —intervino Giovanni.

—No ha dicho «una manta» sino «un amante» —lo corrigió Otto—. Es cuando te enamoras de alguien que no es ni tu marido ni tu mujer.

—Según el poli —dijo Thomas—, puede que la señorita Jennings haya escondido en el cole algo que no quiere que se descubra.

—Seguro que es el cadáver de su marido, que está pudriéndose en el sótano del colegio —decretó la abuela ahumándonos con el cigarrillo.

A todos nos dio un escalofrío. Pero esa hipótesis no iba a ninguna parte porque, para empezar, en el cole especial no había ningún sótano; y, para seguir, la señorita Jennings no estaba casada. Había que buscar más.

Mientras a nosotros nos traía de cabeza la investigación, al Director lo traía de cabeza el programa sobre la democracia. Una mañana, vino a vernos a clase y nos anunció:

—Bribonzuelos, vuestra profesora y yo hemos podido hablar del programa. —Los dichosos cafelitos por fin habían dado fruto—. Hemos decidido que vamos a montar una gran función de fin de año sobre la democracia.

—Nosotros preferimos una función sobre piratas —dijo Thomas.

—Pero es que eso no es lo que hemos decidido —contestó el Director.

—Decidir por nosotros no es muy democrático —observó Otto.

—En la democracia, hay jefes que deciden por los demás. Jefes a los que elige todo el mundo, es decir, democráticamente, para tomar decisiones colectivas.

—¿Así que usted es el jefe del cole? —preguntó Giovanni.

—Exactamente.

—¿Y lo han elegido?

—No —respondió el Director—, pero me nombraron personas a las que sí habían elegido. Vuestros padres votaron por esas personas, como, por ejemplo, el alcalde de la ciudad, que tiene la responsabilidad de organizar el colegio, los bomberos, la policía, etcétera, etcétera.

—Mi padre ya no vota —informó Thomas—, porque dice que los políticos son lo peor.

—¿Y por qué dice eso? —inquirió el Director.

—Porque no recibió ninguna subvención del Ayuntamiento para la sala de kárate.

—Si no se vota, la democracia no puede funcionar —explicó el Director—. Es muy importante votar porque, si no, la democracia se debilita.

—¿Por qué? —preguntó Giovanni.

—La democracia solo funciona correctamente si todos los electores van a votar. Porque así las decisiones que se toman por mayoría, es decir, por el mayor número de votantes, constituyen lo que de verdad quiere la mayor cantidad de personas. La mayoría decide y la minoría tiene que aceptarlo. Pero, si la gente no va a votar, no se hace oír, lo que significa que, en realidad, la decisión que se tome ya no representará a la mayoría de la población sino a la minoría. Cuando no vas a votar, estás dejando que decida la minoría, y eso es contrario a los fundamentos de la democracia.

Nos quedamos mirando al Director con curiosidad: no habíamos entendido ni jota de lo que acababa de explicar. Y, como el Director comprendió que no lo habíamos comprendido, nos dijo:

—Bribonzuelos, os voy a poner un ejemplo muy sencillo. Vamos a votar.

Nos pareció muy guay, porque nunca antes habíamos votado.

—¿Qué es lo que vamos a votar? —preguntó Otto.

—Vamos a votar la comida del mediodía. Tenéis que votar lo que vais a comer. Pero, ojo, todo el mundo tendrá que comer lo mismo. Vais a elegir entre brócoli y pizza. Y, ahora, preparados y cuidadito, porque solo podréis votar una vez cada uno: quien vote por la pizza que levante la mano.

Otto, Thomas, Yoshi y yo levantamos la mano.

—Eso hace cuatro votos para la pizza —contó el Director—. Y, ahora, ¿quién vota por el brócoli?

Artie y Giovanni levantaron la mano.

Artie informó que el brócoli tiene un montón de fibra que facilita el tránsito y previene las oclusiones intestinales. Mientras que Giovanni dijo que, como su madre lo obligaba a comer brócoli una vez por semana, así se lo quitaba ya de encima.

—Así que eso hace cuatro votos para la pizza y dos votos para el brócoli —contabilizó el Director—. La pizza gana estas elecciones. ¡Lo que significa que hoy a mediodía vuestra clase comerá pizza!

Todos gritamos de alegría.

—En la cafetería no hay pizza —nos recordó Otto, que realmente lo sabe todo, incluido el menú de la cafetería.

—Iré a buscárosla a la pizzería de al lado —dijo el Director.

Todos volvimos a gritar de alegría porque el Director se estaba portando superbién. Pero entonces fue cuando el Director nos dijo:

—Ahora, imaginemos que volvemos a votar. Pizza contra brócoli. Pero Otto, Thomas y Yoshi se abstienen de votar porque se les olvida y no les interesa. ¿Quién quiere comer pizza?

Yo fui la única que levantó la mano. A continuación, el Director preguntó quién quería comer brócoli: Giovanni y Artie levantaron la mano a su vez.

—El resultado final son dos votos para el brócoli y un voto para la pizza. ¡Gana el brócoli!

—Pero no es justo —protesté—, si los demás hubieran votado, habría ganado la pizza.

—Tienes toda la razón —dijo el Director—. Así podéis ver por qué la democracia se debilita cuando no se vota: la minoría impone su elección a la mayoría.

—Pero ¿vamos a comer pizza de todas formas? —se preocupó Thomas.

—Sí —dijo el Director.

Eso nos tranquilizó.

—¿Es obligatorio votar? —pregunté.

—No —dijo el Director.

—Si es tan importante, debería ser obligatorio —observé yo.

—No te falta razón —dijo el Director—, pero no sería democrático.

—¿Es antidemocrático que mi madre me obligue a comer brócoli? —dijo Giovanni.

—No —dijo rotundamente el Director.

—¿Es más importante votar que comer brócoli?

—Sí —afirmó el Director.

—Entonces, ¿por qué se puede obligar a alguien a comer brócoli pero no se le puede obligar a votar?

El Director puso la cara de cuando algo le fastidia y no contestó.

—¿Y usted vota? —pregunté.

—Por supuesto que sí.

—¿Votó por el alcalde?

—Prefiero reservarme mis opiniones.

Yo le di la razón:

—Mamá dice que no hay que hablar de lo que se vota, porque si no todo el mundo discute, sobre todo en las comidas familiares.

—Eso es muy cierto —confirmó el Director.

—Pero entonces no es muy democrático que no te permitan hablar de lo que te apetece votar.

—Cierto. Es porque a la gente no le gusta que los demás tengan ideas distintas.

—¿Por qué?

—Porque le molesta. No se da cuenta de la suerte que tenemos de poder ser todos diferentes estando juntos. Ahí reside la belleza de la democracia. Y es incluso la definición de la libertad: poder ser uno mismo entre los demás.

La señorita Jennings se acercó al Director y le dijo:

—Eso que ha dicho es conmovedor...

Al Director se le iluminó la cara:

—¿Usted cree?

—¡Y tanto! —se entusiasmó la señorita Jennings—. Y, de hecho, va a ser el hilo conductor de la función: ¡una vivencia democrática!

A nosotros la idea de la función nos pareció una pasada. Nos pusimos a trabajar con las demás clases. El nombre de la función era *Diferentes todos juntos*. Nunca antes habíamos trabajado con otros alumnos: se montaba mucho jaleo, pero era de lo más divertido. La señorita Jennings y el Director decidieron que la función iba a contar las elecciones para elegir si se comía pizza o brócoli. Como en una votación de verdad, cada candidato debería ofrecer sus argumentos.

Balthazar interpretaría el papel de la pizza. A mí me eligieron para ser el brócoli y estaba especialmente orgullosa de haber conseguido un papel tan importante. Los demás alumnos iban a interpretar a los argumentos a favor y los argumentos en contra, y otros, a los electores reticentes.

Era una función prometedora: entre Balthazar, la pizza, y yo, el brócoli, ¿a quién elegirían? La pizza llegaba rodeada de sus argumentos que la describían como un alimento delicioso, unificador y reconfortante. Mis argumentos me elogiaban por tener un montón de vitamina C, ser bueno para las encías, los dientes y la piel, aportar mucha fibra y reducir el colesterol.

Luego llegaban los argumentos en contra: la pizza contenía muchas grasas saturadas. Mientras que el brócoli era muy insípido.

A continuación, cada candidato tenía que exponer su programa.

—¡Os hago felices! —gritaba la pizza.

—¡Soy bueno para la salud! —voceaba el brócoli.

La señorita Jennings propuso que al final de la función los padres podrían votar de verdad, y que el resultado de la votación determinaría qué refrigerio se serviría después de la función: brócoli o pizza. Al Director le pareció una idea genial.

—¡Será la primera función interactiva de mi carrera! —exclamó, exultante.

Lo malo es que la función sobre la democracia se iba a topar con los padres de los alumnos, que, en esta ocasión, no tenían la menor gana de ser diferentes todos juntos.

Una delegación de padres fue a quejarse al director, que salió del paso convocando a todos los padres a una asamblea para defender la función.

Normalmente, en las asambleas de padres solo están los padres, pero esta vez también estaban convocados los hijos para poder hablar todos juntos, puesto que estar juntos era justo el concepto de esa obra de fin de año.

El Director nos reunió a todos en el salón de actos y luego se subió al escenario para tomar la palabra. En el cole hay una norma: cuando alguien está hablando, los demás tienen que esperar a que termine para poder intervenir. Pero, al parecer, las normas del cole no se aplican a los padres porque, en cuanto el pobre Director abrió la boca, lo interrumpieron:

—¿Qué significa eso de *Diferentes todos juntos*? —preguntó una madre preocupada.

—¡Es un título malísimo para una función! —añadió un padre que estaba a su lado.

—¿Y a santo de qué tenemos que ser diferentes?

El Director trató de argumentar:

—Todos somos diferentes, eso es un hecho...

Pero de inmediato surgieron nuevas recriminaciones del auditorio.

—¿Esto también es por culpa de los niños especiales?

—¡Es verdad! ¿Por qué no montan la función navideña de siempre?

—¡Mi hijo hace de pizza! —se sublevó un hombre que debía de ser el padre de Balthazar—. El año pasado hizo de san José, ¡dónde va a parar! ¡Así que permita que le diga que mi hijo no va a hacer de pizza! ¿Y por qué no de papel del culo, ya que estamos?

Algunos padres se rieron por lo bajo. A mí me dio rabia que dijera «papel del culo» porque era mi palabrota del alma.

Siguió una especie de discusión generalizada.

—¿Qué chorrada es esa de la democracia? —preguntó una madre, furibunda.

—Es el programa común de este curso para todas las clases del colegio —trató de explicar el Director antes de que lo volvieran a interrumpir.

—¿Qué diablos les está metiendo en la mollera a nuestros chavales? —se impacientó uno.

—A «sus chavales» tampoco les va a venir mal un poquito de educación —le contestó otro.

—¿Se puede saber qué está insinuando, so cenutrio?

En general, cuando se caldean los ánimos, todo el mundo acaba contagiándose. Y, aunque se sigue esperando de los niños que se porten bien, a los adultos, en cambio, se les permite portarse peor que mal. Así que todos los adultos empezaron a portarse fatal y a enzarzarse, incluidos los padres de mis compis, que estaban sentados juntos.

—¡Cuidadito —gritó el padre de Thomas a quienes lo rodeaban—, u os hago a todos unas llaves de kárate!

—¡En las democracias no se le hacen llaves de kárate a la gente con quien no se está de acuerdo! —lo reprendió el padre de Artie.

—¡Los politicastros son lo peor! —exclamó el padre de Thomas.

—Que sí, que sí —replicó la madre de Giovanni—, que ya nos sabemos el rollo de que no le subvencionaron la escuelita de kárate esa...

—¿*Escuelita de kárate?* Pero ¿de qué va? —se indignó el padre de Thomas—. ¡No todo el mundo caga lingotes de oro, señora mía!

Nosotros nos reímos porque había dicho una palabrota. Me consoló un poco del disgusto del papel del culo.

Los padres de Otto también metieron baza:

—Ya te dije que había que sacar a Otto de la pública y meterlo en un centro privado —le reprochó el padre a la madre.

—Pero ¿tú sabes lo que cuesta un colegio privado? —replicó la madre—. Más te valdría pagarme la pensión en lugar de hacerte el listillo delante de todos.

Artie se puso a lloriquear porque con tanto grito se le iban a reventar los tímpanos y su madre se apresuró a taparle los oídos con las manos, pero él chilló aún más fuerte porque su madre no se las había lavado antes de tocarlo.

Papá solo dijo que había que mantener la dignidad y mamá asintió con la cabeza.

—¡Qué espectáculo tan lamentable! —suspiró.

No me atreví a decirle que ese no era el espectáculo que queríamos montar nosotros, sino tan solo una reunión de padres.

Los únicos que no dijeron ni pío fueron los padres de Yoshi, que se notaba a la legua que tampoco hablan.

Hasta que, en medio de aquella algarabía, el Director gritó por el micro:

—¡BAAAAAASTAAA!

El salón de actos volvió a quedar en silencio de golpe. Entonces el Director exclamó:

—¡Visto lo visto, cancelo la función sobre la democracia! ¡Y sanseacabó! Haremos la función de fin de año de siempre, con villancicos y las ridículas escenitas de Navidad de los críos, y también de Jánuca y, ya puestos, de la mismísima fiesta de Visnú. ¡Así, todos contentos!

Dicho esto tiró el micro al suelo y se marchó en medio de un silencio gélido. Parecía estar furioso.

Tras lo cual, todo el mundo salió del salón de actos sin decir gran cosa.

De vuelta a casa, en el coche de mis padres, me sentí muy triste. No por culpa del papel del culo sino de la función. Nuestra función era muy guay y me encantaba ser un brócoli. Era una lástima que se hubiese cancelado. Y, por encima de todo, lo que me ponía triste era que me había dado cuenta de que, en el fondo, en la asamblea había muy pocos padres que estuvieran *en contra*. Pero eran los que más jaleo habían montado. Eso se llama «minoría ruidosa». En cambio, los padres que estaban *a favor* apenas habían abierto la boca. Empezando por los míos. Callar no era una actitud muy valiente.

En el fondo, esta noche la democracia se había llevado una paliza. Y se me ocurrió que los verdaderos culpables de semejante desastre no eran tanto los miembros de la minoría ruidosa, que tenían derecho a expresar su opinión, sino todos los que se habían quedado sin decir ni pío a su alrededor.

Por lo visto, eso se llama «mayoría silenciosa».

Capítulo 12
Santa Plas

Después de la catastrófica asamblea de padres, el Director decretó que, para celebrar la llegada de las Navidades, iba a organizar una gran fiesta sobre un tema a gusto de todos: Papá Noel.

—Y que no venga nadie a hablarme de religión —añadió el Director—. ¡Papá Noel es un invento de la Coca-Cola!

No entendimos a qué se refería el Director, pero la idea nos pareció guay porque nos encanta Papá Noel. Lo malo es que, cada vez que al pobre Director se le ocurre una idea, acaba siendo una catástrofe.

El Director fue yendo de clase en clase para explicar lo que se le había ocurrido.

—Van a ser las Navidades de la diversidad.

Le preguntamos qué era la diversidad.

—La diversidad —nos explicó— es el derecho que tiene cada uno a ser como le dé la gana, sin que nadie se meta con él por eso.

—¿Y qué tiene eso que ver con la democracia? —quiso saber Otto.

—La diversidad es posible gracias a la libertad, y la libertad es posible gracias a la democracia. La democracia es lo único que permite que haya diversidad. Así que cada uno podrá venir vestido de Santa Claus tal y como se lo imagine.

El día de la fiesta, todos los alumnos fueron al cole vestidos de Papanoeles distintos. Los había verdes, azules y rojos. Superhéroes, con barba y sin barba. Una pasada.

En nuestra clase, a cada uno se nos había ocurrido algo distinto.

Yo fui vestida de Mamá Noela. Al fin y al cabo, ¿por qué Papá Noel no podía ser mujer?

Otto se había disfrazado de Sabio Noel.

Thomas, de Karateka Noel.

Artie, de Médico Noel.

El disfraz de Yoshi no lo entendimos, pero él parecía contento.

Por su parte, Giovanni vino con un traje muy elegante con pinta de ser muy caro. Nos dijo:

—¡Soy Santa Pasta!

Al principio todo iba bien. Hasta que salimos al recreo. En el patio, Balthazar, que se había vestido de Papá Noel Normal, vino a chincharnos. La tomó con Yoshi:

—Oye tú, mudito, ¿de qué vas disfrazado? No lo pillo.

Obviamente, Yoshi no contestó y Giovanni acudió a defenderlo:

—Déjalo en paz —le ordenó a Balthazar.

—Y tú ¿de qué vas disfrazado con ese traje tan ridículo?

—Soy Santa Pasta —contestó Giovanni, muy ufano.

—¡Pues más bien pareces Santa Plasta! —replicó Balthazar.

Todos los alumnos que andaban por allí soltaron la carcajada y corearon:

—¡Santa Plasta! ¡Santa Plasta!

A Giovanni le dolieron tanto las burlas que se echó a llorar. Entonces Thomas, que no soporta ver llorar a sus amigos, intervino con su traje de Karateka Noel.

—¡Pues yo soy Santa Plas! —vociferó—. ¡Y traigo bofetones a los niños que se portan mal!

Y, ¡plis, plas!, se puso a arrear bofetones a diestro y siniestro entre los que se habían estado burlando, que lloraban como bebecitos. Solo se libró Balthazar, que salió huyendo, seguramente porque se acordaba de que la última vez Thomas lo había dejado con la nariz sangrando.

—¡Coged a Balthazar! —ordenó Santa Plas.

Nos lanzamos todos detrás de Balthazar, que corrió como un conejo hasta el fondo del patio de recreo. Como ya nos tenía encima, cruzó la valla y se metió en el parquecito vecino. Nosotros también saltamos la valla para alcanzarlo, aunque sabemos de sobra que está prohibido salir del recinto del cole.

Balthazar cruzó el parquecito hasta llegar cerca de nuestro cole especial, que tenía prohibido el paso. Pensamos que en ese momento lo atraparíamos, pero rodeó el edificio hasta la salida de emergencia del cole especial. Y allí, para gran pasmo de todos nosotros, tiró de la puerta de emergencia y se metió en nuestro cole del alma. ¿Cómo sabía Balthazar que se podía acceder al interior del cole por esa puerta, si ni siquiera nosotros estábamos al tanto?

Abrimos la puerta también y nos echamos encima de Balthazar, que estaba justo detrás.

—¡Te pillé! —dijo Thomas Santa Plas.

Quiso arrearle un bofetón, pero yo se lo impedí. Le pregunté a Balthazar:

—¿Cómo sabías que la puerta de emergencia se puede abrir desde fuera? ¿Fuiste tú quien inundó nuestro cole?

No le dio tiempo a contestar porque justo entonces oímos gritar al Director:

—¿Quién anda ahí? ¡Salid ahora mismo o la cosa se va a poner fea!

Nos quedamos helados. Sobre todo Balthazar, que se puso blanco como el papel.

—¡No le contéis que estoy aquí! —nos suplicó—. ¡Me la voy a cargar!

Nos quedamos indecisos y él, al notarlo, añadió:

—Escuchadme, Rarunos, no fui yo quien inundó vuestro cole de Rarunos, os lo juro... Pero ese día vi algo... Si me cubrís, os contaré lo que sé...

—Como sea mentira, Santa Plas irá por ti —lo avisó Thomas.

—¡Lo prometo! —aseguró Balthazar.

—Está bien —dije yo.

Como yo vengo a ser la jefa, los demás asintieron y salimos por la puerta de emergencia dejando a Balthazar escondido dentro del cole.

Nos encontramos con el Director, que parecía enfadadísimo. Señaló a Thomas con el dedo:

—¡Así que es aquí donde te escondes! ¿Eres tú el que ha dado de bofetadas a todos tus compañeros?

La señorita Jennings apareció tras él y nos llevaron al cole. Balthazar se quedó escondido para volver más tarde al patio de recreo, visto y no visto.

La señorita Jennings nos leyó la cartilla a todos. Nos dijo que estaba prohibido salir del patio de recreo y que era muy pero que muy peligroso entrar en el cole inundado. Yo nunca la había visto tan enfadada.

—Voy a pedir que pongan candados en todos los accesos al edificio —dijo.

Me pregunté si realmente había tenido miedo de que nos pasara algo o si temía que descubriéramos su secreto.

Me moría de ganas de que Balthazar nos revelase lo que sabía.

En cuanto al pobre Thomas, por culpa de los bofetones que había repartido, el Director hizo ir a su padre, que le soltó una buena regañina y le dijo:

—¡Avisado estabas! Ahora sí que voy a llamar a Papá Noel: ¡este año te quedas sin regalo!

Y, ante los ojos llorosos de Thomas, el padre karateka sacó el móvil y habló en el acto con Papá Noel para acordar que no le pusiera ningún regalo a su hijo debajo del árbol.

Era tremendamente injusto.

Pero no íbamos a dejar tirado a Thomas.

Capítulo 13
Un testimonio clave

Al día siguiente de lo de Santa Plas, Balthazar cumplió su promesa y nos lo contó todo.

La abuela de Giovanni dijo que era un soplón. En las series policiacas siempre hay alguno. Un soplón es alguien culpable de algo y que, a cambio de información, consigue que la policía lo proteja. Estábamos superemocionados de tener un soplón.

En el patio de recreo, lejos de oídos indiscretos, Balthazar nos reveló lo siguiente:

—Yo sabía hace mucho que la salida de emergencia de vuestro cole de Rarunos estaba rota y que ya no se bloqueaba desde fuera. El Director me pilló una vez, después de clase. Llamó a mis padres y me dijo que eso era allanamiento de una propiedad privada y que si volvía a hacerlo me expulsarían del cole. Luego mi padre me echó una bronca tremenda.

—¿Qué tiene eso que ver con la inundación?

—A eso voy. Un viernes por la tarde en que mi padre le estaba gritando a mamá, me escapé de casa. Siempre lo hago cuando mis padres se pelean. Están tan ocupados insultándose que ni se fijan en que ya no estoy. Fui al parquecito. A vuestro cole no, lo juro. Me quedé en el parque. Y desde allí vi una luz como de linterna dentro de vuestro cole. Me intrigó. Quise acercarme para ver qué estaba pasando, pero, en lo que tardé en llegar, solo pude ver una sombra que desaparecía en la oscuridad.

—¿Y fue cuando se produjo la inundación?

—Digamos que el lunes por la mañana estaban allí los bomberos —especificó Balthazar—. Dudo mucho que sea una coincidencia.

—Y esa sombra ¿cómo era? —pregunté.

—Ni idea, era una sombra, ya os lo he dicho. Pero sí pude ver que se subía a un coche. Un coche rojo con una pegatina en el parachoques de un perro y un gato dándose la pata. Parecía el logo de una tienda de mascotas.

—¿Una tienda de mascotas? —repetí.

—Eso me pareció, aunque no estoy del todo seguro. En cambio, sí recuerdo que el coche tenía roto un piloto trasero derecho...

Nos quedamos callados unos segundos. Al final, le pregunté a Balthazar:

—¿Por qué no se lo contaste a nadie?

—¿A quién iba a contárselo? Si mis padres se enteran de que me voy de casa sin avisar, me llevaría una bronca y un buen castigo.

Ahora teníamos una pista sólida. Así pues, el coche del inundador tenía una pegatina en el parachoques y el piloto trasero derecho roto. Y eso fue lo primero que hicimos: examinar el coche de la señorita Jennings en el aparcamiento del cole. Su coche no solo era azul, sino que además no tenía ninguna pegatina en el parachoques y las luces traseras estaban intactas. Al igual por cierto que todos los demás coches del aparcamiento. Y ninguno de ellos era rojo. Giovanni apuntó que se podía volver a pintar un coche, arrancar una pegatina y arreglar las luces. Su abuela decía que eso se llamaba «falsear las pruebas». Seguro que Giovanni tenía razón pero, de momento, lo mejor era sacarle partido a los indicios de los que disponíamos antes de complicarnos demasiado la vida.

Aquel asunto del coche rojo, la pegatina y el piloto roto parecía exculpar a la señorita Jennings, lo cual me tranquilizaba un poco. Y, como no conseguíamos encontrar el coche, lo que teníamos que hacer era encontrar la supuesta tienda de mascotas cuyo logo era un gato y un perro dándose la pata. Giovanni nos hizo notar que no tenía por qué ser necesariamente una tienda de mascotas y que quizá estábamos yendo por el camino equivocado. Tenía razón. Pero, tal y como nos había dicho el poli, cuando tienes una pista hay que indagar en ella hasta el final.

Otto, que es el especialista en conseguir información, supo decirnos que en la ciudad había cuatro tiendas de mascotas. Ya solo nos quedaba visitarlas todas para descubrir cuál de ellas lucía el emblema de un perro dándole la pata a un gato. ¿Con qué nos encontraríamos? Aún no teníamos ni idea, pero era la única forma de avanzar en esta investigación.

Otto resultó ser de gran utilidad en esta etapa de la investigación. Nunca le habían dejado tener un animal en casa, pero, desde que sus padres estaban divorciados, le había sacado a su padre una tortuga y un conejo, y a su madre, unos peces y dos hámsteres. Y eso nos venía de fábula, porque, como sus padres se habían jurado no poner los pies donde fuera el otro, cada uno compraba en una tienda de mascotas distinta.

Así fue como, yendo a comprar paja para el conejo con su padre y comida para los peces con su madre, Otto pudo tachar de la lista dos de las cuatro tiendas, pues ninguna de ellas tenía el logo de un perro y un gato dándose la pata.

La tercera la visitó Giovanni cuando acompañó a su abuela a la tienda donde solía surtir a su perro salchicha. Y, en este caso, el emblema tampoco era el que buscábamos.

La cuarta tienda de mascotas se hallaba en el centro comercial de la ciudad. Ninguno de nosotros tenía permiso para salir solo, pero no nos costó convencer a nuestros padres de que nos llevaran. En fin, más que nada a los papás. Como se acercaban las Navidades, cada uno le dijo a su papá que habría que ir al centro comercial para comprarle un regalo a mamá. Y, como a los papás se les suele dar fatal lo de encontrar regalos para las mamás, a todos les pareció una idea estupenda y el sábado siguiente por la mañana coincidimos todos en el centro comercial. Incluso Otto, a quien su padre le había dicho: «¡Tu madre puede comprarse los regalos ella solita! Pero tenemos que encontrarle algo a mi nueva novia».

En el centro comercial, hay una fuentecita con un café alrededor. Allí fue donde quedamos todos los compis. Y, cuando los papás vieron a los demás papás y el café allí mismo, cayeron en nuestra trampa: se sentaron, se pidieron unos cafelitos (empieza a parecer una manía) y nos dijeron:

—Id a mirar si encontráis algo para mamá.

Nos fuimos todos por los pasillos del centro comercial. Tan contentos, menos Thomas, que estaba triste porque, al llegar al centro comercial, su padre le dijo: «Un regalo para tu madre, vale. ¡Pero, en cuanto a ti, ya sabes que Papá Noel está avisado y que no te va a traer nada!».

Como el centro comercial es muy grande, nos costó localizar la tienda de mascotas. Menos mal que nos topamos con un guardia de seguridad muy majo que nos acompañó hasta allí. Lo seguimos en fila india y, pasada una tienda de menaje, nos dijo:

—Bueno, pues aquí está.

Y se marchó.

Nosotros nos quedamos mirando, atónitos, el escaparate del local, donde se veía un logo inmenso de un perro dándole la pata a un gato.

—Es aquí... —murmuré—. Es la tienda que buscábamos...

De pronto nos entró a todos un poco de miedo. No lo dijimos pero todos lo notamos.

—Y, ahora, ¿qué hacemos? —preguntó Giovanni.

—Hay que entrar —dije yo.

—¿Y si nos encontramos con el inundador? —observó Otto—. A lo mejor nos reconoce y nos hace algo.

—Yo no voy —se rajó Thomas.

—Yo, tampoco —dijo Otto.

—Yo no entro en las tiendas de mascotas —añadió Artie—. ¡No me apetece nada pillar la brucelosis, o la leptospirosis, o la toxoplasmosis, o la linforreticulosis!

En cambio, Yoshi hizo un ademán con la cabeza para indicarme que él sí que iba a entrar.

—¡Vamos allá! —le dije.

Y nos dirigimos con paso resuelto hacia la puerta de la tienda. Aunque seguía hecha un flan.

Dentro, entre dos hileras de jaulas con hámsteres, gerbos y conejos enanos, un pasillo conducía hasta un mostrador. Yoshi y yo fingimos que estábamos mirando los animales. La tienda estaba desierta y silenciosa. Resultaba inquietante.

Nos acercamos al mostrador. No había nadie. De pronto, a nuestras espaldas retumbó una voz de mujer:

—¿Queríais algo?

Yoshi y yo pegamos un respingo. Nos dimos la vuelta y vimos a una mujer gigantesca que nos miraba con ojos recelosos.

—¿Queríais algo? —volvió a ladrar.

Como Yoshi no habla, me tocaba a mí responder:

—Estamos mirando, señora.

—¿Mirando qué? —preguntó con ese espantoso tono de voz.

—Mirando los animales.

—¿Estáis mirando por *mirar* o mirando para *comprar*?

Yo no sabía qué responder. Estaba tan asustada que solo tenía ganas de salir huyendo. La señora contestó en mi lugar:

—Los niños solo venís aquí por el espectáculo. Queréis ver los hámsteres y los lagartos, pero no compráis nada. ¡Debería cobrar las visitas!

Intenté mantener la calma. Al final, logré vocalizar:

—Es para comprar. Mi padre me ha dicho que mire y luego vendrá él.

La señora horrible esbozó una sonrisa muy fea. Cogió algo que parecía una tarjeta de visita grande de la tienda y me dijo:

—Dale esto a tu padre y vuelve con él. No me gusta que haya niños solos husmeando por mi tienda.

Agarré la tarjeta y nos fuimos.

Cuando estuvimos fuera, los compis me agobiaron a preguntas:

—¿Estás bien, Joséphine? Se te ve muy rara. ¿Qué has visto ahí dentro?

—A una señora fea y mala con pinta de odiar a los niños.

Les enseñé la tarjeta de visita y fue entonces cuando me di cuenta de que era una pegatina que representaba el logo de la tienda.

—¿Crees que puede ser la inundadora? —preguntó Thomas.

—No tengo ni idea...

Antes de sacar conclusiones precipitadas, teníamos que enseñarle la tarjeta a Balthazar para asegurarnos de que el dibujo coincidía con el que había visto en el parachoques del coche sospechoso.

Ya habíamos hecho lo que habíamos ido a hacer. Así que volvimos al café donde nos esperaban los papás. No habíamos buscado ningún regalo para las mamás, pero qué le íbamos a hacer. Nos tenía demasiado preocupados la señora horrible de la tienda de mascotas.

No teníamos muy claro cuál era el camino para volver con nuestros padres, así que nos acabamos perdiendo en el centro comercial.

Así fue como nos topamos con él.

Por pura casualidad.

Estaba allí mismo, delante de nosotros, en medio de un pasillo central.

Nos paramos en seco, pasmados.

No podíamos creer lo que estábamos viendo.

Capítulo 14
¡Papá Noel acorralado!

¡Era Papá Noel! Ahí estaba, el muy gordinflas, sentado tan pancho en un butacón rojo, con una horda de niños apiñados detrás de los cordones esperando para hacerse una foto con él.

¡Menudo morro le echaba! A pocas semanas de Navidad, ¿no tenía nada mejor que hacer que venir aquí a pavonearse?

En otro contexto, a todos nos habría encantado encontrarnos con Papá Noel, pero que se presentase precisamente ahora nos parecía fatal por Thomas. ¡Dejar a un niño sin regalo era una auténtica crueldad!

Nos quedamos mirando cómo se sentaba a los niños en el regazo y ponía sonrisitas. Otto nos explicó que, en el fondo, Papá Noel era un viejo verde narcisista. Era una expresión que Otto había aprendido de su madre, que la usaba para referirse a su padre desde que se habían divorciado. Significa que eres majo por fuera, pero malo por dentro.

Me pareció de lo más retorcido que Papá Noel se vistiera de rojo cuando en realidad era un viejo verde. Pero, si el muy patán se pensaba que podía engañar a la gente, con nosotros había pinchado en hueso. Y ya que lo teníamos delante, decidimos acorralarlo y convencerlo de que reconsiderara la decisión injusta de dejar a Thomas sin regalo.

Estuvimos esperando un rato, emboscados. De pronto, aunque aún había una fila de niños aguardando turno pacientemente, Papá Noel se levantó y decretó que le tocaba descanso. ¡Menudo vago! Dio unos pasos y desapareció detrás de una puerta en la que ponía RESERVADO AL PERSONAL. El tío no se cortaba ni un pelo. ¡Ni que estuviera en su casa!

Nos acercamos de puntillas a la puerta y, ¡zas!, también nos colamos dentro, sin que nos viera nadie. La puerta daba a un cuarto muy grande y lleno de trastos. Papá Noel estaba en un rincón, sentado en una mísera silla de plástico y bebiendo agua. Enseguida nos echamos encima de él.

—¡Papá Noel —grité yo—, tiene que traerle su regalo a Thomas!

Papá Noel dio un respingo. Creo que se llevó un susto de muerte. Nos miró con los ojos como platos.

—¿De qué me estáis hablando, niños?

—Sabemos que el padre de Thomas ha hablado con usted y lo ha convencido de que no le traiga ningún regalo esta Navidad —le dije—. Pero ¡es injusto! ¡Si Thomas le dio un bofetón a Balthazar fue para defender a Giovanni porque lo estaba llamando Santa Plasta! ¿A usted le gustaría que lo llamaran Santa Plasta?

—No —admitió Papá Noel.

—Entonces, ¡tráigale a Thomas su regalo el día de Navidad!

—Imposible —se lamentó Papá Noel.

Primero pensamos que le tenía miedo al padre de Thomas porque es profe de kárate. Pero Papá Noel confesó:

—No puedo hacer nada porque no soy el auténtico Papá Noel...

Menudo chasco nos llevamos. ¡Papá Noel subcontrataba gente! ¡Menudo escándalo! ¡Y menudo vago! ¡Encima de que solo trabaja de verdad un día al año, recurría a un sustituto en el centro comercial!

—Tiene que hablar con el verdadero Papá Noel —le dije al Papá Noel de pega.

—Imposible.

—¿Por qué?

—Porque no lo conozco.

—¿Ah, no? ¿Y quién lo ha contratado?

—El director del centro comercial.

—Entonces, tenemos que hablar con el director del centro comercial —concluyó Otto.

—Tampoco creo que él pueda hacer nada —lamentó el Papá Noel de pega.

—Definitivamente, los directores son todos unos inútiles —se irritó Thomas.

—Bien dicho —le dio la razón el Papá Noel de pega.

Decidí hacerme cargo de la situación.

—Escuche, Papá Noel de pega, de verdad que tiene que ayudarnos. Si no hacemos nada, ¡Thomas se quedará sin regalo! ¡Sería una tremenda injusticia!

—Niños, de verdad que lo siento, pero no sé cómo puedo ayudaros. Yo solo hago de Papá Noel en el centro comercial los fines de semana antes de Navidad para ganar un poco de dinero.

—¿No tiene trabajo?

—Sí —contestó el Papá Noel de pega—. Soy dramaturgo.

Nos recorrió un escalofrío. «Dramaturgo» es una palabra que da muchísimo miedo.

—«Dramaturgo» significa que escribo obras de teatro —explicó el Papá Noel de pega y, uf, sentimos un gran alivio—. Pero mis últimas obras —añadió— no han tenido ningún éxito. La más reciente ni siquiera la quiere representar nadie.

—Eso quiere decir que es usted un poco negado —le indicó Giovanni.

—Probablemente sí —admitió el Papá Noel de pega.

Nos daba pena el Papá Noel de pega. Y, de pronto, se nos ocurrió una idea genial: ¡proponerle a la señorita Jennings representar la obra birriosa del Papá Noel de pega en la función de fin de año del cole! Al Papá Noel de verdad le gustaría esa buena acción para ayudar al Papá Noel de pega y, a cambio, seguro que se replanteaba la decisión de dejar a Thomas sin regalo.

Parecía un plan perfecto.

Capítulo 15
La obra de teatro

Al lunes siguiente, en el cole, fuimos corriendo a ver a nuestro soplón Balthazar para enseñarle la pegatina de la tienda de mascotas que me había dado la señora horrible. En cuanto vio la imagen del perro dándole la pata al gato, exclamó:

—¡Esa es la pegatina que vi en el parachoques del coche!

La investigación avanzaba a pasos agigantados.

Gracias a las revelaciones de Balthazar, ahora sabíamos que el inundador había actuado el viernes por la noche.

También sabíamos que el inundador no había necesitado la llave del cole especial para entrar en él, ni tampoco cometer una efracción, como había dicho el poli, porque probablemente entró por la salida de emergencia.

También sabíamos que el inundador conducía un coche rojo que tenía roto el piloto trasero derecho y llevaba una pegatina en el parachoques. Y esa pegatina nos llevaba a una tienda de mascotas en la que había una señora malvada a quien no le gustaban ni pizca los niños.

¿Y si ella era la culpable?

O sea, que el inundador en realidad sería una inundadora.

Giovanni señaló que quizá la señora malvada no tuviera nada que ver. Como iba regalando pegatinas a cualquiera, cualquiera podría llevar esa pegatina en su coche: un empleado de la tienda, un cliente o incluso alguien que quisiera aposta hacernos cometer un error. Giovanni dijo que en las series policiacas de su abuela eso se llamaba una «pista falsa». Íbamos a tener que distinguir las pistas falsas de las pistas verdaderas.

A la señorita Jennings le pareció que representar la obra de teatro del Papá Noel de pega era una idea excelente. Dijo que así daríamos a un autor local la oportunidad de darse a conocer. Se lo contó al Director y también le pareció una gran idea (aunque eso no siempre sea una referencia fiable).

—Bribonzuelos —nos dijo para felicitarnos—, habéis tenido una iniciativa estupenda. ¡De ahora en adelante, aprovecharemos las funciones escolares para que brillen los talentos de nuestra ciudad!

—Pero, en la asamblea de padres, usted dijo que íbamos a representar la función navideña de siempre —objeté.

—Tienes razón, peque. Pero hay que saber replantearse las decisiones, sobre todo cuando se toman con apremio.

Que yo recordase, aquella decisión no la había tomado con Apremio sino él solito. Pero no dije nada. Hay que saber ponerse de perfil bajo.

Saltaba a la vista que la señorita Jennings y el Director se habían tomado un cafelito juntos, porque tenían la función planificadísima. Como faltaba poco para Navidad, no íbamos a poder representar la obra entera, pero la señorita Jennings, que había sacado el texto de la obra de la biblioteca municipal, había elegido un extracto para que cada clase representara una escena breve. El Director dijo que eso se llamaba un «fragmento». Un fragmento era mejor que nada. Y seguía siendo una buena acción, que era lo que contaba para que el Papá Noel de verdad le llevara su regalo a Thomas.

Y, en cuanto a la investigación, al sábado siguiente iba a dar un vuelco por todo lo alto.

Capítulo 16
La Christmas Party

Todos los años, en vísperas de la Navidad, los padres de Giovanni celebran una gran fiesta en su casa.

Es una fiesta sensacional, con camareros de restaurante y cocineros con gorro alto, muy atareados detrás de los bufés en los que destacan pescados enteros, pavos, langostas encima de esculturas de hielo y tartas extraordinarias. Realmente parece una fiesta de Navidad, solo que los padres de Giovanni la llaman «Christmas Party». Mamá dice que queda más fino.

A la fiesta siempre asiste muchísima gente. Asisten incluso el alcalde y un montón de gente muy importante. Y también nos invitan a nosotros, a mis compis y a mí, con nuestros padres.

En vista de lo cual, todos los padres se ponen superelegantes. Creo que los impresiona mucho porque todos exclaman «¡Oh!» y «¡Ah!», y se juntan en un corrillo, charlando muy formalitos. Os aseguro que en la Christmas Party todo el mundo se porta bien, no como en las asambleas de padres de alumnos. Ni siquiera los padres de Otto se pelean.

En el coche, de camino a casa de Giovanni, yo estaba de los nervios. A los compis y a mí nos encanta esa fiesta, porque nadie se fija en los niños y podemos empapuzarnos de pastas y pan de jengibre, y beber todo el ponche de huevo que queramos.

Mamá se había puesto las joyas que no se pone nunca y papá estaba guapísimo de traje. Cuando llegamos delante de la casa de Giovanni, había un montón de coches que a mí solo me parecían coches, pero que debían de tener algo más porque papá, que nunca se fija en los coches, dijo:

—¡Menudos cochazos! —Y luego añadió—: Menos mal que acabo de llevar el mío a lavar.

Un aparcacoches nos estaba esperando. Papá le dejó el coche. Por fuera, la casa estaba decorada a todo lujo. En los árboles del paseo brillaban miles de luces y varias decenas de velas trazaban un camino que llevaba hasta la puerta principal. Nos quedamos hechizados.

—¡Hala! —dije yo.

—¡Hala! —dijo también mamá.

—¡Y todo por el papel del culo! —dijo papá.

—¡Chitón! —le dijo mamá.

Dentro de la casa, la fiesta estaba en pleno apogeo. Era un remolino de música y conversaciones. Había ya gente por todas partes, y de acá para allá deambulaban los camareros de restaurante cargados con amplias bandejas. Una señora muy amable nos recogió los abrigos y nos unimos a los demás invitados. Como todos los años, mis padres se juntaron con los otros padres y yo me fui con los compis.

Lo primero que hicimos fue arrasar los bufés. Todo tenía una pinta estupenda. Mientras nos llenábamos los platos, descubrimos que el Director también estaba allí. Se encontraba solo, pelando una langosta y llenándose la corbata de mayonesa. No se le veía con muchas ganas de sumarse al grupo de padres y echó a corretear detrás de nosotros.

—¡Cucú, bribonzuelos! ¿No habréis visto a la señorita Jennings?

Le contamos que la señorita Jennings nunca iba a la Christmas Party y se le puso cara de tremendo chasco. Entonces nos preguntó:

—¿Sabéis qué regalo de Navidad le haría ilusión?

No teníamos ni idea pero, sobre todo, nos traía al fresco. Le habíamos echado el ojo al bufé de postres y no nos apetecía nada darle conversación a un adulto. En la Christmas Party, los adultos con los adultos y los niños con los niños. Si el Director no quería quedarse con nuestros padres y la señorita Jennings no había ido, que se buscara otros amigos.

Giovanni nos sacó del apuro: le dijo al Director que teníamos que llevarle unos postres a su abuela y que era de mala educación tener esperando a una anciana. Y, dicho esto, nos abalanzamos sobre el bufé de postres, apilamos en los platos todos los pasteles y dulces que pudimos, y salimos pitando, escabulléndonos entre los camareros de restaurante para despistar al Director.

Seguimos a Giovanni hasta el saloncito de la abuela. Estaba arrellanada en su sillón, como siempre, pegada a la tele y fumando cigarrillos. Parecía pasar mucho de la Christmas Party.

—¡Mis invitados favoritos! —dijo sonriente, a modo de bienvenida.

—Hemos pensado que a lo mejor tenías hambre —dijo Giovanni.

Le tendimos los platos. Les pasó revista con mirada circunspecta y luego se puso desdeñosa:

—Gracias, pequeñajos, pero no. Aunque sois los únicos que os preocupáis por mí.

—¿No quiere venir a la fiesta? —le pregunté.

—¿Sabes, cariño?, ya no tengo edad para estas estupideces. Y, además, no quiero perderme el culebrón.

Ser viejo debe de estar genial: te puedes quedar todo el día viendo la tele.

La abuela encendió otro cigarrillo. Soltó una nube de humo inmensa que nos hizo toser y luego preguntó:

—¿Habéis avanzado en la investigación?

—Tenemos un nuevo sospechoso —le dije.

—¿Ya no es la profesora?

—No.

Le conté con todo detalle cómo habíamos seguido el rastro hasta la señora horrible de la tienda de mascotas, que se había convertido en la nueva sospechosa número uno.

A continuación, Giovanni la puso al tanto de las dudas que teníamos sobre la culpabilidad de la señora malvada:

—Regala pegatinas de la tienda a todo el mundo. Cualquiera podría llevar esa pegatina en el coche.

Añadió que, en las series, siempre hay un malo con pinta de malo, pero que en realidad no es el malo.

La abuela se quedó muy impresionada con nuestros hallazgos. Nos explicó que, en una investigación, primero hay elementos convergentes, que señalan a varios posibles sospechosos, y luego las pruebas irrefutables, que sirven para descartarlos y desenmascarar al verdadero culpable.

Y, en efecto, al principio todo el mundo era un poco culpable: la señorita Jennings, el conserje, el jefe de bomberos y el dueño del edificio, que resultó ser el Ayuntamiento. A medida que aparecían nuevas pistas, los culpables dejaban de ser culpables. El conserje tenía una coartada, el Ayuntamiento no tenía un móvil que justificase la inundación, por no decir que lo perjudicaba, el jefe de bomberos era oficialmente un inútil y el coche de la señorita Jennings no era rojo, ni tenía ningún piloto roto, ni llevaba ninguna pegatina en el parachoques.

Ahora solo quedaba la señora malvada de la tienda de mascotas. Para inculparla, nos faltaba una prueba irrefutable. Y a la abuela se le había ocurrido algo para conseguirla.

—¿La señora malvada de la tienda conduce un coche rojo que tenga roto el piloto trasero derecho y una pegatina en el parachoques? —preguntó.

—No tenemos ni idea —dije.

—Hay una forma muy sencilla de descubrirlo —explicó la abuela.

—¿Cómo?

—¡Poniéndole vigilancia!

Estaba visto que la abuela conocía todas las técnicas de investigación. Nos explicó que consistía básicamente en seguirle los pasos.

—El centro comercial va a cerrar pronto. Tenemos el tiempo justo para llegar. Vamos a seguir a la señora malvada desde la tienda hasta el aparcamiento y así veremos qué coche tiene.

—Puede que coja el autobús —sugirió Otto.

—La vigilancia nos lo dirá —zanjó la abuela—. ¡En marcha!

—¿Y cómo vamos a ir? —preguntó Thomas.

—En coche —contestó la abuela—. Nos vemos fuera, voy a avisar a Máximo.

Giovanni nos dijo que Máximo era el chófer de su abuela y que la acompañaba a todas partes. Imaginé que lo llamaba así porque, cuando la abuela tenía frío, como ahora, el chófer ponía la calefacción al máximo. Me pregunté si, para los días en que hacía mucho calor, la abuela tendría un chófer Mínimo.

Como es obvio, no les íbamos a pedir permiso a nuestros padres para la vigilancia porque nos habrían dicho que no. Nos escabullimos hasta la puerta principal para recoger los abrigos y, como de costumbre en la Christmas Party, nadie se fijó en nosotros. Los padres estaban hablando de cosas importantes y dándose aires. Pero, antes de que pudiésemos llegar al guardarropa, una voz nos llamó desde lejos:

—¡Cucú, bribonzuelos!

Era el pesado del Director, que nos había localizado. Ahora estaba zampando pinchitos de pollo y la salsa le chorreaba por la corbata. Seguramente no tenía novia y por eso comía como un puerco.

—¿Qué tal va todo? —nos preguntó.

Saltaba a la vista que estaba aburridísimo, ¡pero nosotros no! Teníamos que librarnos de él.

Le dijimos que teníamos muchas ganas de hacer caca y salimos pitando en dirección contraria. Sin los abrigos, qué se le iba a hacer.

Giovanni nos sacó de la casa por una puerta trasera. Hacía un frío que pelaba. Artie se echó a llorar porque sin abrigo y con esa temperatura se iba a poner malo, pero le dije que no se preocupara porque la abuela tenía un chófer Máximo.

Giovanni nos condujo hasta el patio central donde estaban los coches y señaló uno que era el de su abuela. Era uno de esos coches tan bonitos de los que papá habría dicho: «¡Menudos cochazos!». Nos abalanzamos todos dentro y nos apretujamos en el asiento de atrás. La abuela ya estaba sentada en el del copiloto. Y a su lado estaba el chófer, que claramente era Máximo porque el coche estaba ya muy calentito a pesar del viento frío que soplaba fuera.

Condujo en dirección al centro comercial. La abuela siguió fumando dentro del coche y el chófer le comentó que quizá debería dejar de hacerlo con el coche lleno de niños. La abuela contestó que en las series los investigadores, cuando están vigilando a alguien, fuman cigarrillos, beben café y comen patatas fritas dentro del coche. Así que tuvimos que parar en una estación de servicio para comprar patatas fritas para todos y café para la abuela. Era emocionantísimo.

Cuando llegamos al centro comercial, estaba ya a punto de cerrar. La abuela le dijo al chófer que se quedara en el coche. Seguramente, para mantenerlo calentito. A continuación, se metió en el centro comercial, con nosotros detrás en fila india.

La abuela parecía saber mucho de vigilancias. Consultó un plano grande que había en la pared y supo llegar a la tienda de mascotas sin tener que preguntarle al guardia de seguridad. La mayoría de los clientes ya se había ido, estaba todo desierto.

Nos sentamos en un banco desde el que se podía ver la tienda. La abuela nos dijo que fingiéramos que estábamos ahí por casualidad. Mientras, ella sacó un periódico del bolso e hizo como que leía.

De pronto, vimos que la señora malvada salía de la tienda. Cerró la puerta con doble vuelta y se marchó.

—Vamos a seguirla discretamente —dijo la abuela.

Fuimos detrás de la abuela, que iba detrás de la señora malvada. Estuvimos andando un rato, cogimos tres escaleras mecánicas y acabamos en el aparcamiento. La señora malvada no se dio cuenta de que la estábamos vigilando. Pasó por delante de varias hileras de coches y de pronto se paró delante de uno de ellos: un coche rojo que llevaba roto el piloto trasero derecho y una pegatina de su tienda en el parachoques. Abrió la portezuela y se metió dentro.

—¡Es el coche! ¡Es el coche! —gritamos todos.

La abuela nos hizo señas para que nos calláramos.

—¿Y ahora qué hacemos? —preguntó Giovanni.

—¡Seguir vigilándola! —decretó la abuela.

Fuimos al galope hasta el coche de la abuela, que, por suerte, no estaba aparcado muy lejos. Nos subimos rápidamente y la abuela le dijo al chófer:

—¡Siga a ese coche!

Señaló con el dedo el coche de la señora malvada, que se dirigía hacia la salida del aparcamiento, y el chófer arrancó enseguida para alcanzarlo.

La abuela soltó un grito de emoción. Dijo que era como estar en una película. Estaba tan contenta que exclamó:

—¡Mecachis en la mar salada, este es el mejor día de mi vida!

Yo nunca había oído una palabrota semejante. Le pedí sobre la marcha a la abuela si podía darme su palabrota para incluirla en mi libro de palabrotas. Me dijo que por supuestísimo y me hizo muchísima ilusión.

El coche de la señora malvada se desvió hacia el gran bulevar y nuestro coche se desvió también. La abuela no paraba de repetirle al chófer:

—¡Ni se le ocurra perderla!

Pero no había peligro de que la perdiéramos porque íbamos pegaditos a ella.

La abuela encendió otro cigarrillo y siguió comiendo patatas y tomando sorbos de café. Tenía un vaso de café enorme y dijo varias veces:

—Con esto puedo aguantar toda la noche.

Aunque esperábamos no tener que quedarnos toda la noche porque nuestros padres se preocuparían.

De hecho, la vigilancia no duró mucho. Al cabo de un breve trayecto, la señora malvada entró en un barrio residencial. La señora aparcó delante de una casita muy mona y se metió dentro.

Nos quedamos allí un ratito. Vimos cómo se encendía la luz de las distintas habitaciones y luego a la señora malvada trajinando en la cocina. Ahí era donde vivía la inundadora.

Ya era nuestra. Por fin.

Nos preguntamos qué tocaba hacer ahora. ¿Llamar a la puerta para decirle que lo sabíamos todo?

La abuela dijo que no nos precipitáramos. Que la señora malvada siempre podría alegar que Balthazar se lo había inventado. Aún teníamos que encontrar la forma de inculparla a ojos de todo el mundo.

—Todavía nos falta el móvil —nos recordó la abuela—. Tenemos que encontrar esa última pieza del puzle. Si esta señora sabía que se podía entrar en el colegio a través de la puerta de emergencia es que por narices tiene alguna relación con él. Si averiguamos ese vínculo, averiguaremos el móvil...

—¿Y cómo lo vamos a averiguar? —preguntó Giovanni.

—Tened paciencia, niños —nos dijo la abuela—. Tened paciencia.

Al final tuvimos que irnos. Era hora de volver a casa de Giovanni antes de que nuestros padres sospecharan algo.

Capítulo 17
El comité de censura

La obra de teatro del Papá Noel de pega resultó ser un problemón. Por lo visto, en ella se decía una especie de palabrota. Unos padres del cole se quejaron. Yo esperaba con todas mis fuerzas que esa palabrota no fuera «mecachis-en-la-mar-salada», porque esta palabrota era mía y solo mía. Ya me habían quitado «papel del culo», sería el colmo que me dejasen también sin esta.

El asunto de la palabrota no tardó en causar revuelo por todo el cole y los padres exigieron volver a reunirse con el Director. Esta vez lo hicieron sin niños, pero nuestros padres nos contaron que algunos padres se habían puesto a gritar porque consideraban que esa obra era inapropiada para los niños por culpa de la palabrota.

La señorita Jennings explicó que en la función escolar solo se representaba un fragmento de la obra y que de todas formas no habían seleccionado la escena en la que aparecía la palabrota. Pero los padres siguieron erre que erre y exigieron, sin más, que se cancelara la función y sanseacabó.

—¿So pretexto de una palabra que ni siquiera aparece en el fragmento que estamos ensayando con los alumnos? —se irritó la señorita Jennings.

—No podemos tolerar una obra en la que se digan obscenidades —replicaron los padres.

—¡Venga ya, no tiene nada de obsceno! —les espetó la señorita Jennings, perdiendo los nervios—. ¡Y todos los niños de las distintas clases ya han trabajado muchísimo para preparar sus escenas!

Pero los padres no querían saber nada.

Parece ser que la señorita Jennings gritó, el Director también y los padres también, y, como está visto que los padres siempre gritan más alto que los demás, el Director acabó cediendo y decretó que se cancelaba la obra del Papá Noel de pega y que en su lugar los niños harían una función de tema libre que elegirían ellos. La señorita Jennings le dijo al Director que le faltaban agallas y se marchó sin despedirse de nadie, que es algo que no le pega nada. Por lo visto, el Director se quedó con cara de tonto pero, sobre todo, de tristeza.

Al día siguiente de la reunión, la señorita Jennings aún seguía muy enfadada con los padres. El Director, al que parece que no le gusta verla enfadada, estuvo mucho rato en nuestra clase. Le preguntamos por qué a los padres no les gustaba nuestra obra de teatro.

—Porque en ella hay una palabra que no les gusta —nos explicó.

—¿Y es una palabrota? —preguntó Thomas.

—No del todo. Pero los padres opinan que sí...

—¿La democracia prohíbe las palabrotas? —quiso saber Giovanni.

—No.

En eso, nos pareció que la democracia era de lo más guay.

—O sea, ¿que podemos decir palabrotas? —se alegró Artie.

—La ley no lo prohíbe —contestó el Director—, pero la buena educación sí. Sería muy incívico decir palabrotas. A eso se le llama ser un «grosero».

—Grosero, pero no antidemocrático —concluyó Otto.

—En efecto —reconoció el Director—. Se puede ser muy maleducado y muy demócrata.

—Pero ¿la democracia prohíbe algunas palabras? —pregunté yo.

—No se pueden decir cosas malas de la gente —indicó el Director—. Eso la ley lo prohíbe explícitamente.

—Mamá dice muchas cosas malas de papá —apuntó Otto—. ¿Eso es ilegal?

—En el ámbito privado, no.

—¿Qué significa «ámbito privado»? —preguntó Giovanni.

—Significa: solo entre dos personas.

No lo entendimos muy bien y el Director nos lo explicó mejor:

—Si solo estáis dos personas en una habitación, podéis decir cosas malas de una tercera. No sería muy amable, pero no está prohibido.

—Y, si estás tú solo, ¿puedes pensar cosas malas de la gente? —inquirió Thomas.

—Sí, puedes pensar lo que quieras. Eso se llama «libertad de opinión». Pero, si empiezas a soltar cosas malas de alguien en público, es decir, delante de todo el mundo, entonces sí que está prohibido.

Le pedimos un ejemplo para estar seguros de que lo habíamos entendido bien y el Director volvió al ejemplo del voto entre la pizza y el brócoli:

—Si la pizza, para que la elijan a ella, afirma delante de todos los electores que el brócoli es un mal bicho que envenena a todos los niños pequeños, en ese caso el brócoli podría denunciarla ante la ley.

—¿Por qué?

—Porque es una mentira que atenta contra la integridad personal de ese brócoli.

—Pero si solo es un brócoli —hizo notar Giovanni.

—En una democracia, todos los ciudadanos son iguales y a todos se les protege por igual. No hay nadie que tenga más derechos o que sea más importante que nadie.

—Y si la pizza no se refiere a ese brócoli en particular sino a todos los brócolis en general, ¿es menos grave? —preguntó Thomas.

—¡Qué va, es aún peor! Porque la pizza está incitando a odiar a todos los brócolis, que es algo que también prohíbe la ley.

—O sea, que en una democracia ¿se podría prohibir una obra de teatro? —preguntó Otto.

—Sí. Por ejemplo, si la pizza escribe una obra en la que se cuenta que todos los brócolis se dedican a envenenar niños, entonces podrían prohibirla. Limitar la libertad de expresión es lo que se llama «censura». Pero, ojo, en una democracia, para limitar un derecho, hay que tener una buena razón para hacerlo.

—En este caso, sería sobre todo para beneficiar a los brócolis —observó Giovanni.

—No solo —contestó el Director—. La censura, al proteger a una minoría, protege a la mayoría. Me explico: aunque los brócolis solo sean una hortaliza entre otras muchas hortalizas, el interés general requiere proteger a los brócolis porque, si dejamos que los ataquen, significa que más adelante las lechugas, las berenjenas y todas las demás hortalizas también podrían estar amenazadas. En una democracia, cuando proteges a los demás te estás protegiendo a ti mismo.

Nos quedamos pensando que la democracia no siempre resulta fácil. Pero no nos atrevimos a decírselo al Director por miedo a que volviera a explicárnoslo todo.

—Si eres un calabacín o una berenjena —siguió diciendo—, preocúpate por los brócolis, aunque creas que no tienen nada que ver contigo. Porque puede que, después de los brócolis, te toque a ti. Eso se llama la «teoría del canario en la mina».

—¿El canario? ¿Como *el pájaro*? —pregunté.

—Sí.

—Yo quería un canario, pero ni mi padre ni mi madre estuvieron de acuerdo —dijo Otto—. Así que elegí una tortuga.

—Antiguamente —explicó el Director—, en las minas se colocaba una jaula con un canario dentro. Si había un escape de gases peligrosos, que al principio no afectaban a los mineros, el canario, al ser mucho más pequeño, se intoxicaba y se moría. Para los mineros era la alerta de que se avecinaba un peligro y que, si no hacían nada, serían los siguientes.

—¿Qué tiene eso que ver con la democracia? —preguntó Thomas.

—En nuestra sociedad también hay canarios. Personas que a veces nos parecen tan lejanas que pensamos que no tenemos ninguna conexión con ellas. Pero, si a esos canarios les pasa algo, los siguientes seremos nosotros.

—En el fondo, tampoco somos tan distintos —dije yo.

El Director asintió. Hasta que Otto hizo la pregunta en la que estábamos pensando todos.

—Pero, entonces, ¿qué cosas malas había en la obra del Papá Noel de pega para que los padres la hayan prohibido?

—Ejem —contestó el Director, poniendo cara de fastidio—. Ahí es donde la cosa se complica... En realidad, no es del todo una grosería... Es una palabra que molestaba a algunos padres...

Al oírlo, me puse furiosa y empecé a gritar. (En principio, no debemos gritar, pero es que estaba furiosísima).

—¿*Una palabra que molestaba a algunos padres?* ¿Ha cancelado nuestra obra solo porque a algunos padres les molestaba una palabra? Pero ¡eso es tremendamente injusto! ¡Hemos trabajado muy duro para esa obra! ¡Y es injusto para el Papá Noel de pega, que iba a ser un poco más conocido! Además, esa obra también la queríamos hacer para camelarnos al Papá Noel de verdad, y ahora, por su culpa, ¡Thomas se va a quedar sin regalo de Navidad!

—Lo siento —se disculpó el Director—. Estaba entre la espada y la pared.

Se me ocurrió que, en el fondo, ser el jefe no es tan fácil. En cambio, Thomas dijo:

—La verdad es que los jefes no sirven para nada.

—Muy cierto —confirmó el Director.

—O sea —proseguí yo—, que, si lo hemos entendido bien, ¿unos cuantos padres han impedido que se haga la obra que quería todo el mundo?

—Sí —admitió el Director.

—Entonces, ¡es una censura injusta!

—En cierto modo, sí.

Una vez más, la minoría ruidosa se había impuesto a la mayoría silenciosa.

Todos nos pusimos a corear:

—¡Democracia!

Y luego le preguntamos al Director:

—Y, al final, ¿cuál es esa palabra prohibida?

El Director pareció muy incómodo. Miró a la señorita Jennings, que lo animó a hablar libremente:

—Venga, dígaselo.

Él titubeó un poco y al final susurró:

—Aparato genital...

Como lo dijo muy bajito, ninguno lo entendió bien.

—¿*Aparato genial?* —repitió Artie—. ¿No se puede decir «aparato genial»?

Es verdad, ¿a qué venía tanto jaleo porque se hablara de un aparato que era genial?

—Aparato genital —repitió el Director.

Nos quedamos todos cortados porque no teníamos ni idea de lo que era eso de aparato genital.

—El aparato genital son nuestras partes íntimas —acabó explicándonos la señorita Jennings.

—¿Se refiere a la pilila? —preguntó Artie.

Nos entró a todos la risa porque había dicho «pilila».

—¿Es una palabra vulgar? —intervino Otto.

—No —dijo el Director.

—Entonces, ¿qué problema hay? —quiso saber Artie—. Todo el mundo tiene pilila. Los chicos la tienen hacia fuera y se les ve, y las chicas la tienen escondida por dentro.

—Pues sí —dijo la señorita Jennings—. Tanto jaleo para esto.

Y parecía estar de lo más afectada.

—¡No a la censura! —gritamos todos.

Entonces, a los compis y a mí se nos ocurrió una idea buenísima.

Una idea que seguramente le iba a gustar mucho a la señorita Jennings y que, por encima de todo, haría que triunfase la democracia. Pero no le dijimos nada a la señorita Jennings.

Decidimos que íbamos a darle una sorpresa.

Y lo cierto es que fue una sorpresa de las buenas...

Capítulo 18
La función de fin de año (1/2)

Quedaba una semana para la función de fin de año.

En el recreo, los alumnos no hablaban de otra cosa. El Director había dicho que era una función de tema libre, es decir, que cada uno se subiría al escenario para interpretar lo que quisiera delante de los padres. Todos les preguntaban a todos qué tenían previsto. A Balthazar, el número que le apetecía hacer era soltar un eructo tremendo en el micro. Nos reímos mucho con la ocurrencia, pero Balthazar dijo que, si lo hacía, lo más probable era que su padre le diera un buen par de sopapos, lo que, inmediatamente, deja de ser divertido.

—¿Y vosotros? —nos preguntaron los demás alumnos.

Les respondíamos con evasivas:

—Vamos a hacer algo todos juntos. Ya veréis.

El tiempo vuela y el gran día llegó en un pispás. El salón de actos del cole estaba a reventar. El Director inauguró la velada con un discurso un poco lamentable:

—Les doy la bienvenida a todos los padres. Este año, la función de fin de año va a ser de tema libre. Es decir, que les hemos dejado a los niños libertad para que presenten sobre estas tablas el número que elijan. Las posibles reclamaciones deben dirigirse a los propios niños. ¡Gracias y felices fiestas!

A continuación, los alumnos fueron turnándose en el escenario, clase a clase. El Director se encargaba de alzar y bajar el telón del escenario pulsando un botón. Después de cada número, los padres aplaudían sin ganas, el Director bajaba el telón, y lo volvía a alzar delante del siguiente niño. Hubo poemas, canciones, muchas interpretaciones musicales, malabarismo, un número de cálculo mental que fue un rollo y un ejercicio de acrobacia que acabó en llanto.

Con Balthazar nos reímos mucho. Hizo como si el micro no funcionara. Se subió al escenario, agarró el micro como si fuera a recitar algo y movió los labios sin decir nada. Todo el mundo pensaba que el micro estaba estropeado y algunos padres se pusieron a gritar: «¡Micrófono! ¡Micrófono!». El Director apareció corriendo en el escenario, dio unos toquecitos en el micro y resultó que sí funcionaba. El Director se fue del escenario y Balthazar volvió a fingir que hablaba. El Director, creyendo que el micro se había vuelto a estropear, se apresuró a volver. Balthazar repitió la maniobra varias veces. El Director estaba sudando como un pollo. Entre el público, el padre de Balthazar exclamó:

—¡A todos los niños se les ha dado un micro que funcionaba menos al mío, cómo no!

—¡Es el mismo micro para todos! —replicó el Director mientras comprobaba que el micro funcionaba perfectamente.

En ese momento fue cuando todo el mundo comprendió que Balthazar nos estaba gastando una broma. A mí, su número me pareció el más divertido y el más interactivo de todos, pero su padre no parecía ser de la misma opinión.

—¡Balthazar, maldito desgraciado, en casa te vas a llevar un par de tortas!

Ante lo cual, el Director, que seguía con el micro en la mano, se puso rojo de ira:

—¡Nadie le va a dar ninguna torta a nadie! ¡Pronto será Navidad y no voy a consentir que nadie se pase ni un pelo! ¡O llamo a la policía!

Los ánimos se apaciguaron. El pobre Director parecía agotado. Menos mal que pronto estaríamos de vacaciones. Las estaba necesitando.

Y llegó nuestro turno. El número lo abría yo. Me coloqué en el escenario. El Director apretó el botón del telón.

Estaba hecha un flan, pero no era cosa de echarse atrás.

Capítulo 19
La función de fin de año (2/2)

El telón se alzó y aparecí yo.

Iba toda vestida de blanco. Empecé a andar por el escenario y dije:

—Soy la Democracia. Gracias a mí, todo el mundo es libre.

Otto salió a escena. Encima de la ropa le habíamos pegado varias páginas de la obra del Papá Noel de pega. Llevaba una bolsa en la mano.

—¡Yo soy una obra de teatro! —exclamó.

—Ven conmigo —le dije—, amiga Obra de Teatro. Yo te protejo. ¡Gracias a mí eres libre! ¿Qué llevas en esa bolsa, amiga Obra de Teatro?

—En esta bolsa hay una palabra —contestó Otto-obra-de-teatro.

—También protejo a tu palabra —dije yo.

Entonces, Giovanni, Artie y Yoshi aparecieron con una peluca gris en la cabeza y un palo en la mano. Exclamaron (menos Yoshi):

—¡Somos los padres y no nos gusta la democracia!

Hicieron como si me matasen. Yo llevaba un bote de kétchup en el bolsillo y me lo eché por encima del vestido blanco para que los espectadores entendieran que estaba muerta. A mí me pareció genial. Pero a los padres de verdad se les puso una cara muy rara.

Luego, los padres de pega (Giovanni, Artie y Yoshi) hicieron como que se fijaban en Otto-obra-de-teatro.

—¡Vamos a atacar a esa obra de teatro! —exclamaron.

Otto-obra-de-teatro empezó a gritar:

—¡Socorro! ¡Auxilio! ¡Han matado a la Democracia! ¡Ahora ya no hay nadie que me proteja!

Entonces los padres de pega atacaron a Otto-obra-de-teatro con los palos y fingieron que le cortaban la bolsa que llevaba en la mano para luego enarbolarla como un botín delante del público.

—¡Me han cortado mi preciada bolsa de palabras! —se lamentó entonces Otto-obra-de-teatro.

Yo, haciendo como que no estaba muerta del todo, alcé la cabeza y pregunté con una voz cargada de sufrimiento:

—¿Qué palabras llevabas en la bolsa, amiga Obra de Teatro?

—¡El aparato genital! —exclamó Otto-obra-de-teatro—. ¡Soy una obra de teatro incompleta porque me han cortado el aparato genital! —Y se arrodilló delante de los padres de pega para suplicarles—: ¡Devolvédmelo, por favor! ¡Devolvedme mi aparato genital!

—No —contestaron muy secos los padres de pega—. ¡Porque «aparato-genital» es una palabra prohibida!

Y, a continuación, los padres de pega entonaron un cántico machacón mientras daban vueltas alrededor de Otto-obra-de-teatro:

¡Prohibimos las palabras!
¡Prohibimos las palabras!
¡Aquí no hay democracia!

Tras lo cual, nos pusimos en hilera delante del público y gritamos:

—¡Lo que no se puede decir se puede enseñar!

Y nos desnudamos.

Otto-obra-de-teatro empezó entonces a menear la pilila mientras arengaba a los espectadores:

—¡Mirad mi aparato genital! ¡En nombre de la democracia, miradlo bien!

Y yo añadí dirigiéndome al público:

—¡Amigos, vamos todos a votar para salvar la democracia!

En ese momento apareció Thomas, en traje de kárate y con un bigotazo postizo igual que el de su padre pegado debajo de la nariz.

—¡Ni hablar! —dijo—. ¡No quiero votar! ¡Prefiero quedarme refunfuñando en mi sala de kárate!

Eso fue todo. Nuestro número había terminado.

La sala se sumió en absoluto silencio.

Ni un solo aplauso.

Creo que los padres se habían quedado de piedra. Aun así, saludamos, porque es lo que hacen los actores al final del número. Luego, el Director, que parecía espantado, bajó el telón.

Al salir del salón de actos, nuestros padres tenían una cara muy rara. Otto se llevó una buena regañina por haberse llenado la ropa de pegamento y a mí también me riñó mamá por haber pringado con kétchup un vestido blanco tan bonito, porque, cuando se lava la ropa, las manchas de kétchup no salen del todo. Yo pensé que tampoco era para tanto: serían un recuerdo guay de la obra de teatro cada vez que me pusiera ese vestido.

*

—¿Que no es para tanto? —me interrumpió mamá en la cocina—. ¿Te crees que voy a dejar que te vuelvas a poner un vestido lleno de lamparones?

Aproveché para comerme otro poquito de bizcocho. Papá dijo:

—La función de fin de año fue la semana pasada. Me encantaría saber qué ha podido pasar en una semana para que hoy la visita al zoo haya terminado de forma tan catastrófica.

—Fue por lo que vi al salir del salón de actos después de la función —expliqué.

—¿Y se puede saber qué viste? —preguntó papá con tono impaciente.

*

Una semana antes, al salir del salón de actos con mis padres, de pronto la vi entre la multitud de espectadores: ¡la señora malvada de la tienda de mascotas! ¡Estaba allí, entre el público! Creí que se me iba a parar el corazón. Como nos dirigíamos al aparcamiento al mismo tiempo que ella, no me costó nada vigilarla, y la vi subirse al coche rojo con el piloto trasero derecho roto y la pegatina en el parachoques.

Me quedé totalmente aturdida: resultaba que la señora malvada era la madre de un alumno del cole.

Capítulo 20
Encontramos al culpable

Los días posteriores a la función de fin de año, en el cole todo el mundo hablaba de nuestro número.

Los padres estaban escandalizados. Pero todos los demás alumnos, aunque se hubieran burlado de nosotros cuando llegamos, ahora nos trataban con admiración.

Y quien más maravillada estaba era la señorita Jennings. No acababa de creerse lo que habíamos hecho. Nos dijo que les habíamos dado una buena lección a los padres y que estaba muy orgullosa de nosotros. Y eso era un gustazo porque la verdad es que a la señorita Jennings la queremos muchísimo.

Ya solo quedaba una semana de clase antes de las vacaciones de Navidad y la señorita Jennings nos recordó que el último día antes de las vacaciones nos llevaría al zoo como estaba previsto. Asentimos con desgana y nos preguntó:

—¿Estáis bien, chiquitines? Os veo muy preocupados.

Le contestamos que todo iba bien, pero en realidad sí que estábamos preocupados: estábamos llegando al final de la investigación. Habíamos averiguado el vínculo entre la señora malvada y nuestro cole: era la madre de un alumno del cole para niños normales. ¿Acaso había querido librarse de nosotros? ¿Le daba envidia nuestro cole pequeñito tan mono? ¿O es que solo era malvada? Pronto lo sabríamos. Porque ahora teníamos que ir de frente. Y lo habíamos planificado para el siguiente miércoles. Con la abuela de Giovanni.

La abuela de Giovanni decía que era el careo final. En las series, el investigador se planta en casa del culpable sin avisar y le explica detalladamente cómo le ha seguido el rastro y que no tiene escapatoria. Eso era lo que íbamos a hacer. Y sería de lo más guay. Aun así, estábamos nerviosos.

El miércoles en cuestión, Giovanni nos invitó a todos a su casa como quien no quiere la cosa. Como en casa de Giovanni no nos vigila nadie, no nos quedamos mucho: desaparecimos discretamente en el patio, donde nos estaban esperando, en un coche, la abuela y su chófer.

Fuimos al centro comercial creyendo que, en un día de entre semana, la señora malvada seguramente estaría en la tienda de mascotas.

Pero no estaba allí.

En la tienda de mascotas solo había un chico joven limpiando los acuarios, que nos contó que su jefa se había cogido el día libre. Así que nos volvimos al coche y fuimos a casa de la señora malvada.

Al llegar, vimos que tenía el coche aparcado delante. Estaba en casa. Había llegado la hora de la verdad.

Llamamos a la puerta. Estábamos todos apretujados unos contra otros, con la abuela detrás de nosotros.

La puerta se abrió despacio y vimos a la mujer malvada, de pie ante nosotros. Daba un poco de miedo. Nos miró con esos ojos tan pequeños y preguntó con voz seca:

—¿Queríais algo?

Ahora que la veía de cerca, pensé que en realidad era muy vieja para ser la madre de un alumno.

Fue la abuela de Giovanni quien habló:

—Estos niños tienen algo que decirle...

—Ah, ¿sois vosotros quienes me habéis vuelto a colar el maldito balón de fútbol en el jardín y me estáis estropeando los parterres? —nos regañó la señora malvada.

—Sería preferible hablar dentro —replicó la abuela poniendo voz de investigador de serie de la tele.

La señora malvada, intrigada, se apartó y entramos todos en la casa. En las series de la tele, supongo que siempre hay sitio para todo el mundo, pero nosotros, en el vestíbulo de la casa, estábamos como sardinas en lata.

—¿Qué es lo que pasa? —se impacientó la señora malvada—. No puedo tirarme aquí todo el día.

Así que me lancé:

—Señora malvada, sabemos lo que ha hecho.

—¿Lo que he hecho?

—Usted inundó nuestro cole.

La señora malvada se quedó cortada. Nos miró fijamente como si estuviéramos locos de remate.

—Lo sabemos todo, señora malvada —añadió Giovanni.

—No se moleste en negarlo, señora malvada, la hemos pillado —remató la abuela.

—¿Podríais dejar de llamarme «señora malvada» —se hartó la señora malvada— y explicarme de qué estáis hablando?

—Usted se coló en nuestro cole especial, atascó los lavabos con la plastilina de Yoshi y dejó los grifos abiertos todo el fin de semana para inundarlo. No puede negarlo: la noche de la inundación, un testigo la vio salir del cole por una salida de emergencia y escapar en su coche. Un coche rojo, con el piloto trasero derecho roto y una pegatina de su tienda de mascotas en el parachoques.

La señora malvada se quedó sin palabras.

—¡Toma ya! —exclamó la abuela—. ¡Tocada y hundida!

En ese momento, detuve la mirada en un mueble del vestíbulo en el que había una lámpara y varios marcos con fotos. En uno de ellos estaba el retrato de alguien a quien conocíamos todos. Me quedé perpleja.

Cogí el marco y le pregunté a la señora malvada:

—¿Por qué tiene usted una foto del Director?

—Porque es mi hijo —contestó la señora malvada, que en realidad no era malvada.

Se nos quedó mirando con cara de apuro hasta que nos propuso con voz muy dulce:

—¿Por qué no nos sentamos en el salón? Os voy a preparar un cacao y tengo unas galletas muy ricas.

En el salón, la señora nos contó lo que había pasado. Igualito que en las series de la tele.

—Sé quiénes sois —nos reveló—. Sois los niños del colegio especial...

Asentimos todos.

—Me gustó mucho vuestra función de la otra noche. Fue muy atrevida. Y les disteis una buena lección a esos tarugos de los padres. ¿Sabéis?, mi hijo me habla mucho de vosotros. Le caéis muy bien. Y hay otra persona que le cae muy bien. No solo eso: la quiere. Es vuestra profesora...

—¿¿La señorita Jennings?? —dije—. ¿El director está enamorado de la señorita Jennings?

—Desde hace siglos. Pero mi hijo es muy tímido...

—No lo parece —observó Otto.

—Las personas más tímidas suelen ser las que mejor lo ocultan —dijo la señora—. Hace meses que mi hijo admira a la señorita Jennings sin atreverse a acercársele ni a dirigirle la palabra. Lo intentó una infinidad de veces: incluso la esperó a la salida de vuestro colegio con un ramo de flores. Y cada vez se quedaba mirando cómo le pasaba por delante, incapaz de pronunciar ni una palabra. Por culpa de eso, mi hijo se sentía muy desgraciado y ninguna madre del mundo quiere ver a su hijo desgraciado. Así fue como se me ocurrió esa idea algo descabellada: inutilizar el colegio especial para que mi hijo pudiera acogeros en su colegio de niños normales. Fue la única forma que encontré para establecer contacto con la señorita Jennings.

—Entonces, ¿el cole especial lo inundó usted o fue el director? —pregunté.

—Fuimos los dos. Yo lo llevé en coche. Para asegurarme de que no se rajaba. Y para que nadie identificara el suyo. Luego fue él quien se coló en el colegio y provocó la inundación. Está mal, está muy mal. Ya lo sé. Pero no me arrepiento de nada porque nunca he visto a mi hijo tan feliz como desde que estáis en su colegio.

De pronto, todas las piezas del puzle encajaban. El Director tenía un móvil, es decir, que sacaba beneficio de la inundación: poder acercarse a la señorita Jennings, de quien estaba enamorado. Había pillado a Balthazar en el colegio especial unas semanas antes y así fue como descubrió que la salida de emergencia ya no cerraba por fuera y que podía acceder al edificio. La mañana en que se descubrió la inundación, él estaba allí, entre los mirones. El poli nos había dicho que los culpables actúan así a menudo. ¡Teníamos al Director delante de las narices desde el principio y no lo habíamos visto!

Entonces le dije a la señora:

—¡Mamá del Director, su hijo ha hecho una tontería de las gordas! ¡Mucho peor que la caída del profe de gimnasia, mucho peor que el atropello del poli, mucho peor que Santa Plas o la función del aparato genital! ¡Nos inundó el cole! ¡Y a nosotros nos gustaba mucho nuestro cole!

—Lo siento en el alma —murmuró la madre del Director—. A veces, el amor puede hacerte perder el juicio. Ya veis... Yo perdí el juicio por amor a mi hijo y mi hijo perdió el juicio por amor a vuestra señorita Jennings. Y, ahora, va a perder su trabajo...

Aproveché para hacerle a la madre del Director la pregunta que nos reconcomía a todos:

—¿En qué consiste exactamente el trabajo de su hijo?

—Su trabajo es proteger a los niños.

Nos dio pena que el Director se quedara sin trabajo. La abuela, los compis y yo estuvimos hablando un rato y al final le dijimos a la señora:

—No vamos a decir nada de la inundación. No se preocupe.

La señora estaba conmovida. Nos dio las gracias. Y dijo:

—Sois muy buenos chicos.

*

En la cocina, papá y mamá me miraban con cara de pasmo. Parecía que se les iba a desencajar la mandíbula.

—¿Fue..., fue el Director quien inundó vuestro colegio?

—Es un secreto —les recordé—. No tenéis permiso para contárselo a nadie. Ya se lo hemos perdonado. ¿Sabéis?, cuando se está enamorado, a veces se hace cualquier cosa.

Entonces intervino papá:

—Sigo sin entender qué relación tiene eso con lo que ha pasado hoy en el zoo.

La relación era que, después de visitar a la madre del Director, habíamos decidido ayudar al Director y apañarnos para que la señorita Jennings se enamorase de él.

A los compis y a mí nos encanta ayudar a la gente. Pero, como dice mamá, el infierno está empedrado de buenas intenciones.

Capítulo 21
La muy catastrófica visita al zoo

Necesitábamos un plan para ayudar al Director. ¿Cómo íbamos a conseguir que la señorita Jennings se enamorase de él?

No lo teníamos fácil: el pobre Director está un poco calvo y no es muy guapo. Incluso hicimos una encuesta entre las chicas del cole: al cien por cien le parecía feo.

Hasta que por fin se nos ocurrió la idea, la víspera de la visita al zoo, cuando el Director vino a nuestra clase (ahora ya sabíamos que iba a ver a la señorita Jennings) y nos dijo:

—Bribonzuelos, mañana os voy a acompañar al zoo.

Y entonces se nos hizo la luz: el Director tenía que realizar un acto heroico.

Primero pensamos hacer algo en el autobús. Por ejemplo, en las películas, el protagonista salva a los niños atrapados dentro de un autobús en llamas. Pero, como no estábamos del todo seguros de que el Director fuera a ser capaz de rescatarnos, lo del fuego nos pareció un poco arriesgado. Entonces Thomas propuso fingir que se atragantaba con comida para que el Director lo salvase. Luego nos enseñó cómo fingía que se estaba asfixiando y nos pareció la mar de bien.

Así que al día siguiente, mientras estábamos en el autobús escolar camino del zoo, Thomas fingió que se atragantaba con una galleta. Pero, en lugar de salvarlo, al Director, que para colmo estaba sentado a su lado, le entró el pánico y se puso a soltar gritos de espanto:

—¡Socorro! ¡Que se asfixia! ¡Que alguien lo ayude!

El autobús se detuvo y la señorita Jennings se abalanzó sobre Thomas, le apretó con los brazos alrededor de la tripa y Thomas hizo como que ya no se asfixiaba.

El Director se sintió muy aliviado. Le dijo a la señorita Jennings que era una heroína. Y la señorita Jennings nos dijo a nosotros que tuviésemos mucho cuidado al tragar.

Por fin llegamos al zoo y estábamos muy fastidiados porque el viaje en autobús se había acabado antes de que hubiéramos podido convertir al director en héroe.

Cuando entramos en el zoo, estábamos emocionadísimos. Nos habían dado a cada uno un planito con la ubicación de los animales y estábamos deseando comenzar la visita. Ahí fue donde empezó la catástrofe.

La señorita Jennings nos dio la consigna de no separarnos bajo ningún concepto. Y la obedecimos: nos quedamos todos juntos. Fue la señorita Jennings quien no obedeció: se quedó a solas con el Director delante del estanque de los flamencos, sin fijarse en que nos habíamos alejado unos pasos. Nosotros pasábamos de los flamencos. Lo que nos apetecía de verdad era ir a ver los animales grandes.

Consultamos el plano para decidir qué íbamos a ver primero. Cómo no, cada uno quería ver algo distinto. Como estamos en una democracia, decidimos votar y la mayoría votó por el sector SABANA AFRICANA, que albergaba esencialmente leones, elefantes, cebras y gorilas.

En ese momento, oímos una voz familiar que exclamaba:

—¿Niños? ¿Niños? ¿Dónde estáis?

Era la señorita Jennings, que nos estaba buscando. Entonces nos dimos cuenta de que nos habíamos metido detrás de un macizo de arbustos y que la señorita Jennings no podía vernos.

Y eso nos dio una idea genial: íbamos a fingir que nos perdíamos en el zoo para que el Director nos encontrara. Sería un héroe y la señorita Jennings se enamoraría de él.

Nos largamos de allí disimuladamente. Por una parte, quien tenía que encontrarnos era el Director y no la señorita Jennings, y, por otra, cuanto más nos perdiéramos, más heroico sería el Director al encontrarnos.

Para perdernos bien, teníamos que ir a un sitio donde no nos fueran a buscar. La señorita Jennings sospechaba que nos apetecía ver los animales de la sabana y seguramente iría allí. Así que teníamos que ir a ver los animales que menos nos gustaran. Consultamos el plano y estuvimos de acuerdo en que el animal más soso del zoo era la cabra montesa. No teníamos nada contra la pobre cabra, pero, al lado de los leones, los tigres, los elefantes, las jirafas, los hipopótamos, las cebras, los cocodrilos,

los gorilas, los osos polares, los pingüinos y los reptiles, la cabra montesa no tenía nada que hacer.

Así pues, fuimos al recinto de las cabras montesas. Como cabía esperar, no había nadie excepto una ancianita sentada en un banco que hablaba sola, repitiendo sin parar:

—Sí... Sí... Sí...

Estuvimos un rato esperando, mientras mirábamos las cabras encaramadas a unas rocas inmensas y pastando matas de hierba dispersas.

De pronto, un vigilante del zoo que pasaba por allí se nos acercó con expresión desconfiada.

—¿Os habéis perdido, niños? —nos preguntó.

—No —contestamos todos a coro.

—¿Tenemos pinta de estar perdidos? —añadió Otto.

El vigilante nos miró fijamente, uno por uno.

—¿Estáis aquí solos? —volvió a preguntar.

—No, con la abuelita —contesté yo señalando con el dedo a la señora.

El vigilante se acercó a ella:

—Disculpe, señora, ¿es usted la abuela de estos niños?

—Sí... Sí... Sí... —contestó la ancianita.

Satisfecho, el vigilante siguió su camino.

¡Nos habíamos librado por los pelos! ¡Solo nos faltaba que nos encontrase un vigilante en lugar del Director!

Ya no podíamos quedarnos allí: si la señorita Jennings había dado nuestra descripción, por mínima que fuese, el vigilante no tardaría en darse cuenta de que le habíamos tomado el pelo. Teníamos que escondernos en otra parte, pero ¿dónde?

Al consultar el plano, el vivario nos pareció el lugar idóneo. Era un edificio cerrado donde reinaba una penumbra relativa y que albergaba reptiles e insectos de todo tipo.

Dentro había bastante gente y nos mezclamos con la muchedumbre que se apiñaba delante de los cristales para observar tanto una boa como unos lagartos, una migala o incluso unas ranas multicolores y tremendamente venenosas.

De pronto, en los altavoces retumbó un aviso de megafonía. Una voz informó a los visitantes de que un grupo de seis niños se había perdido en el zoo y la voz dio una descripción muy concreta de nuestra ropa. ¿Cómo podía acordarse tan bien la señorita Jennings de lo que llevábamos puesto? ¡Es una profesora buenísima!

Nos dio la sensación de que todos los visitantes que teníamos alrededor empezaban a mirarnos fijamente: era hora de marcharse de allí y esconderse en otro sitio.

Al salir del vivario, a través de la puerta acristalada vimos aparecer por la avenida principal un cochecito eléctrico, y a bordo iban la señorita Jennings y unos empleados del zoo. Definitivamente, estaba empeñada en encontrarnos. Pero ¿qué porras estaba haciendo el dichoso Director?

Esperamos a que el cochecito desapareciese y huimos en dirección opuesta. Recalamos en las piscinas de las focas. Justo a tiempo: era la hora en que los cuidadores les daban de comer y había mogollón de gente sentada en unas gradas de piedra. Nos sentamos entre todos aquellos espectadores con la esperanza de ser invisibles. Pero el aviso de megafonía volvió a retumbar en los altavoces y esta vez la voz que se oyó fue la de la señorita Jennings:

—Niños, corazones míos, soy la señorita Jennings. Si me estáis oyendo, acercaos al adulto que tengáis más cerca y pedidle que os lleve hasta un empleado del zoo.

Se le notaba en la voz lo triste y lo preocupada que estaba. Nos dio mucha pena. Por ser majos con el Director y ayudarlo, le estábamos dando un disgusto a la señorita Jennings.

Nos fuimos discretamente de las gradas. Al pasar junto a un cochecito de los empleados del zoo que estaba aparcado al borde de la avenida, oímos chisporrotear la radio de a bordo:

—Seguimos sin rastro de los niños perdidos. Hemos avisado a la policía, van a venir unos agentes.

Al oírlo, nos echamos a temblar. Habían avisado a la policía, la cosa se ponía seria. Nos estaban entrando ganas de renunciar y volver con la señorita Jennings. Pero, por otra parte, con la que habíamos montado y ahora que la situación se había torcido tanto, si el Director nos encontraba sería un auténtico héroe.

Y, como saltaba a la vista que el Director era incapaz de encontrarnos, decidimos encontrarlo nosotros a él. De verdad, menudo cansancio era tener que hacer todo el trabajo solos...

Fuimos de acá para allá mirando atentamente por todas partes para encontrar al Director, pero se lo había tragado la tierra. La casualidad quiso que aquel recorrido sin rumbo nos acabase llevando a donde queríamos ir desde el principio: el sector SABANA AFRICANA.

Allí nos quedamos tan alucinados que nos olvidamos del Director. En unos recintos enormes y pegados unos a otros había leones, panteras, jirafas, cebras, hipopótamos, rinocerontes, gorilas... Los animales estaban en un nivel inferior a los visitantes, y eso permitía observarlos a las mil maravillas.

Estuvimos un ratito contemplando los leones. Hasta que de pronto oímos:

—¡Bribonzuelos! ¡Estáis aquí!

Nos dimos la vuelta: era el Director. ¡Por fin nos había encontrado!

El Director se abalanzó hacia nosotros, nos fue palpando por turnos para asegurarse de que estábamos bien y que no había ningún herido.

—¿Dónde os habíais metido? —nos preguntó.

—¡En el zoo! —contesté yo.

—¡«En el zoo, en el zoo», pero sin nosotros! —nos regañó—. ¿Sabéis el susto que nos habéis dado? Venga, venid conmigo, vamos a reunirnos con la señorita Jennings. Menudo alivio para ella.

Nuestro plan estaba funcionando. Pero, mientras nos poníamos en marcha muy obedientes, el Director añadió:

—Ahora que os hemos encontrado, voy a poder darle la carta.

—¿Qué carta? —pregunté.

—Le..., le he escrito una carta —se sinceró el Director.

—¿Una carta de amor?

—Eh..., sí. ¿Cómo lo sabes?

—Cuando un hombre escribe una carta a una mujer, suele ser una carta de amor.

—En mi caso, cuando mi padre escribe a mi madre —matizó Otto—, son insultos.

—¿Y qué le dice a la señorita Jennings en la carta? —quise saber yo.

—Pues... —titubeó el Director— le confieso mis sentimientos. Llevo semanas escribiendo esa carta y no he tenido valor para entregársela. Hoy es mi última oportunidad antes de las vacaciones...

—¿Quiere leérnosla? —le propuse—. Así, le diremos qué opinamos.

A él le pareció una idea magnífica. Se sacó del bolsillo del abrigo un sobre grande. Dentro había una carta que tendría por lo menos diez páginas. Me pregunté qué sería todo eso que tenía que contarle a la señorita Jennings.

El Director agarró la carta y empezó a leer:

—«Querida, queridísima Mary-Jane. He dudado mucho antes de escribirle estas líneas...».

Otto lo interrumpió:

—¿Por qué dice «querida» y luego «queridísima»?

—Para subrayar el afecto que siento por ella.

—¿Y por qué le escribe a Mary-Jane? —preguntó Thomas—. Yo creía que estaba enamorado de la señorita Jennings. ¡Decídase!

—La señorita Jennings se llama Mary-Jane —explicó el Director—. Y, si no os molesta, me gustaría seguir leyendo...

A nosotros no nos molestaba nada de nada. Solo tratábamos de ayudar. Pero, mientras el Director retomaba el texto, se levantó una ráfaga de viento. Las hojas salieron volando y acabaron en las ramas de un árbol dentro del recinto de los rinocerontes.

—¡Mi carta! —se lamentó el Director.

Como el árbol estaba plantado a un nivel más bajo, tenía las ramas en las que se habían posado las hojas al alcance de la mano. Entonces el Director pasó por encima del cablecito de seguridad (lo cual está estrictamente prohibido) y luego se subió al murete de cemento (¡lo cual está aún más estrictamente prohibido!). Se puso de puntillas y logró atrapar una hoja, y después otra, hasta recuperarlas todas menos una. La última se había quedado enganchada en el tronco. En una maniobra desesperada, el Director puso el pie en una rama para apoyarse en ella y fue estirando lentamente el brazo hasta llegar a la preciada hoja y cogerla haciendo pinza con los dedos.

—¡Victoria! —exclamó.

En ese preciso instante, la rama a la que estaba subido cedió y el Director se despeñó dentro del recinto de los rinocerontes. Todos nos abalanzamos para mirar: había caído de culo y estaba atontadísimo.

—¡No os preocupéis, niños! —nos gritó—. No pasa nada. Voy... Voy a subir.

Se le acercó un rinoceronte. El Director se incorporó. El pobre se había quedado totalmente ido. Nosotros buscamos a nuestro alrededor un vigilante, pero está claro que, cuando necesitas a alguien, nunca hay nadie.

Al principio, el rinoceronte solo parecía curioso, aunque se le fue poniendo una pinta cada vez más furiosa. Sacudió el cuerno y rascó el suelo con la pata. Otto, que sabe de todo, nos dijo que el rinoceronte seguramente se disponía a embestirlo. Había que encontrar una solución antes de que corneara al pobre Director, pero entonces el rinoceronte se abalanzó hacia él con la cabeza gacha, lo golpeó por detrás y lo tiró al suelo.

—¡No os preocupéis, niños! —nos gritó él, tumbado cuan largo era—. No pasa nada.

A nosotros nos pareció que pasaba mucho. Entonces nos dimos cuenta de que, al fondo del recinto de los rinocerontes, había una puerta que comunicaba con el recinto de al lado, que parecía estar vacío. Le sugerimos al Director que se metiera en el recinto vacío mientras buscábamos ayuda. Él se abalanzó hacia la puerta, que estaba cerrada con grandes cerrojos. Los descorrió, abrió la puerta metálica y se metió en el recinto vecino, sin olvidarse de cerrar la puerta luego.

—No se mueva, señor Director —le gritamos—. Vamos a buscar ayuda y volvemos.

Pero entonces Giovanni se fijó en un letrero que no habíamos visto y en el que ponía que en el recinto donde estaba el Director vivían los guepardos.

Otto dijo que era un fastidio, porque los guepardos no dejaban de ser unas fieras bastante temibles. Pensamos que al Director quizá le convendría más volver donde los rinocerontes, pero, antes de que nos diera tiempo a decir nada, le oímos gritar. Miramos dentro del recinto: de las hierbas altas surgieron tres guepardos que se le acercaban bufando.

Otto nos explicó que nunca hay que correr delante de una fiera, porque eso activa su instinto depredador. Pero, antes de que pudiéramos darle la más mínima indicación, el Director echó a correr hacia otra puerta que comunicaba con otro recinto. Uno de los guepardos se subió de un salto a la espalda del Director, que volvió a gritar y se deshizo del animal quitándose el abrigo. El guepardo se ensañó con el abrigo mientras él alcanzaba la puerta. Como la vez anterior, descorrió los cerrojos, abrió la puerta y entró corriendo en el siguiente recinto.

El pobre Director parecía totalmente exhausto, pero nos dijo:

—¡No os preocupéis, niños! No pasa nada.

Nosotros nos apresuramos a comprobar qué animal vivía allí. Thomas, que fue el primero en llegar al letrero, nos dijo:

—No hay peligro, son monos.

Le dijimos eso mismo al Director:

—No hay peligro, son monos.

Pero Otto, que sabe mucho de animales, soltó un «oh, oh...» al ver el letrero:

—Es un gorila de espalda plateada —nos explicó—. ¡El gorila más grande y más fuerte de todos los gorilas!

Y entonces el Director empezó a gritar otra vez. Fuimos a ver qué pasaba y vimos a un gorila gigantesco erguido delante de él. Al lado del animal, el Director parecía muy chiquitito. Alzó la cabeza y nos dijo:

—¡No os preocupéis, niños! No pasa nada.

Y, según terminó la frase, el gorila lo agarró y empezó a sacudirlo en todas direcciones. El Director daba voces como un poseso. Teníamos que salvarlo, porque, si estaba allí, era en parte por culpa nuestra.

Inmediatamente, Thomas decretó que le iba a hacer una llave de kárate al gorila. Dicho y hecho: se subió al murete de cemento y echó una ojeada al foso. Justo debajo había un montón enorme de hojas secas. Y saltó.

Al oír a Thomas aterrizar en las hojas, el gorila se asustó, soltó al Director, se apartó y se quedó observando a Thomas.

Otto dijo que, si éramos muchos en el foso, mantendríamos al gorila a raya. Saltó a su vez y luego saltamos todos, porque somos una banda de compis y no abandonamos a ninguno.

Cuando ya estábamos abajo, comenzamos a oír gritos arriba. Asomados al murete, unos visitantes gritaban a diestro y siniestro:

—¡Unos niños se han caído al foso del gorila!

El gorila se nos quedó mirando y nosotros a él. Había fruta tirada por el suelo y se la lanzamos. Se comió la fruta y siguió mirándonos. Era divertido alimentar a ese mono tan grande que había resultado ser bastante simpático. En cambio, el pobre Director parecía estar hecho polvo después de que lo embistiera un rinoceronte, lo persiguieran unos guepardos y lo sacudiera un gorila. Estaba tendido en el suelo y no paraba de repetirnos:

—¡No os preocupéis, niños! No pasa nada.

Por encima de nuestras cabezas, había un montón de gente mirando y dando voces. De pronto, se abrió con estrépito una puerta metálica y aparecieron varios vigilantes del zoo. Uno llevaba una escopeta de dardos, pero no tuvo que utilizarla. El gorila se quedó muy formalito, creo que lo habían impresionado Thomas y sus proezas de kárate. Por lo visto, los animales tienen un sexto sentido y notan esas cosas.

Los vigilantes del zoo nos llevaron con ellos. Nosotros los seguimos, pero el Director había vivido tantas emociones que ya no lo sujetaban las piernas. Dos vigilantes se lo llevaron a rastras. Subimos por una escalera secreta y aparecimos en una de las avenidas centrales del zoo. De pronto nos rodeó un montón de gente. Era impresionante.

—¿Qué ha pasado? —nos preguntó alguien.

—Nos hemos caído en el recinto del gorila —contesté yo—, ¡y el Director de nuestro colegio nos ha salvado!

Un murmullo recorrió la multitud. A continuación, llegaron otros dos empleados del zoo y la señorita Jennings. Y también policías y paramédicos. La señorita Jennings se nos echó encima y nos abrazó llorando. Los paramédicos se encargaron del Director y lo subieron a una camilla. Luego fuimos andando hacia la salida del zoo y la muchedumbre exclamaba señalando al Director con el dedo:

—¡Ese hombre ha salvado a los niños! ¡Ese hombre ha salvado a los niños!

Todo el mundo se puso a aplaudir. Los compis y yo íbamos diciendo a quien quisiese oírnos:

—¡De no ser por el Director, habríamos muerto!

Y la gente aplaudía aún más fuerte.

Cuando llegamos a la salida del zoo, ¡menudo jaleo se había montado! Policías, bomberos, ambulancias y un montón de curiosos. También estaban el alcalde de la ciudad y varios periodistas. Habían avisado a nuestros padres, que estaban de camino.

Los periodistas le hicieron fotos al Director en la camilla. Todo el mundo gritaba:

—¡Es un héroe! ¡Es un héroe! ¡Ha salvado a estos niños!

Y otra vez empezaron a aplaudir al Director y a vitorearlo: «¡Gracias!», «¡Bravo!», «¡Viva el héroe!». En la camilla, el Director hizo una V de la victoria con los dedos mientras los fotógrafos le hacían fotos y los periodistas le alargaban el micro.

*

En la cocina, papá y mamá se me quedaron mirando con los ojos como platos.

—Pero... ¡vosotros salvasteis al Director! —exclamó mamá.

—¡Los héroes sois vosotros! —añadió papá—. Sin vosotros, lo habrían corneado los rinocerontes, o lo habrían devorado los guepardos, o lo habrían machacado los gorilas.

No contesté nada. Y, como mis padres seguían mirándome boquiabiertos, me serví otra rebanada de bizcocho. Luego, poniéndome un dedo en los labios, les dije:

—Chist... Todo esto tiene que seguir siendo un secreto.

Es lo que se llama ponerse de perfil bajo.

Capítulo 22
Proposición de merienda

Al día siguiente de la muy catastrófica visita al zoo, mis padres me llevaron al hospital a ver al Director.

En la habitación nos encontramos con la señorita Jennings. Tenía en la mano un periódico del día con una foto enorme del Director debajo del siguiente titular:

UN HÉROE

La señorita Jennings parecía estar orgullosísima del Director. Al verme entrar en la habitación, se puso de pie para cederme el sitio.

—Volveré a verte dentro de un rato —le dijo.

Entonces, el Director le cogió la mano y le dijo:

—Mary-Jane..., cuando me den el alta, podríamos salir a cenar.

—Me encantaría —le respondió la señorita Jennings con una sonrisa de oreja a oreja.

Yo solo esperaba que en esa cena el Director comiese como es debido. Porque en la Christmas Party lo había visto chorrearse de salsa de arriba abajo, y, si comía como un puerco, la señorita Jennings no se iba a enamorar de él ni un poquito.

Cuando la señorita Jennings salió de la habitación, el Director me sonrió y me dijo:

—Gracias, Joséphine.

Parecía estar la mar de contento y me hizo mucha ilusión.

Le puse delante un paquetito que mamá y yo habíamos comprado en la pastelería.

—¿Y esto qué es? —preguntó el Director.

—Es una proposición de merienda —contesté.

Y él se echó a reír.

Qué bien me caía el Director.

En el fondo, las personas son como las estrellas: tienes que mirarlas atentamente para darte cuenta de lo mucho que brillan.

Epílogo

Han transcurrido muchos años desde los acontecimientos del zoo.

Después del colegio especial y después de ir a otros colegios, me marché de mi ciudad pequeñita para ir a la universidad y cumplir mi sueño de ser escritora. Sin embargo, mi primer libro no fue el famoso diccionario de palabrotas, sino uno sobre las aventuras de una niña especial que se titulaba *Los papelitos del culo*.

Cuando se publicó *Los papelitos del culo*, hice una gira para firmar ejemplares en varias librerías que me condujo a la ciudad donde crecí. Llevaba años sin ir.

Durante la firma de ejemplares, se me acercó una pareja. Ambos tenían unos cincuenta años y los reconocí al instante.

—¡Cuánto me alegro de volver a verte, Joséphine! —dijo el Director.

—Estás igual —añadió la señorita Jennings.

Qué contenta estaba de reencontrarme con ellos.

Nos pusimos a hablar, una vez más, de la visita al zoo y fue entonces cuando el Director me sugirió que lo contase todo.

—Tienes que contarlo en un libro a toda costa —me animó—. Les dará ideas a montones de niños y a montones de adultos.

—Pero es que no deja de ser nuestro secreto —le recordé.

—Ha prescrito —decretó mirando a la señorita Jennings.

«Prescribir» significa que los secretos ya se pueden revelar.

Aquella noche, después de la firma de ejemplares, escribí las primeras líneas de lo que iba a convertirse en este libro.

Se lo dedico a todos los niños del mundo.

Posdata

Para todos los que se lo estén preguntando: Thomas recibió su regalo de Navidad. Era una figura de acción que hacía kárate. Thomas estaba encantado.

En el fondo, Papá Noel es buena gente.

Unas palabras sobre
La muy catastrófica visita al zoo

A principios de 2024 se publicó mi séptima novela. Habían pasado doce años desde el principio de mi carrera de escritor y el éxito de mi libro *La verdad sobre el caso Harry Quebert*.

¿Cuál es el balance de estos doce años?

Muchas de las librerías que me habían invitado en mis inicios habían cerrado. Las que quedaban sobrevivían añadiendo a su oferta objetos variopintos sin relación con la literatura. Y, en los autobuses, metros, trenes y aviones, la gente iba pegada a la pantalla del móvil y, en muchos casos, había renunciado al placer de leer durante el viaje.

¿Cabe deducir que de verdad hay un desgaste lector? ¿O lo que pasa es, sencillamente, que las redes sociales y sus algoritmos diabólicos nos tienen tan sorbido el seso que se nos ha olvidado que actúan sobre la mente como las máquinas tragaperras, chupándonos no ya el dinero sino la energía, el tiempo y la atención? Esas pantallas omnipresentes nos han llevado a dejar de mirar a nuestro alrededor, de confraternizar, de informarnos, para ir estrechando más y más el círculo de relaciones interpersonales hasta convertirlo incluso en unipersonal.

Aun así, a pesar de que el mundo está cada vez más polarizado y dividido por culpa de nuestra incapacidad para sacar la cabeza del móvil y mejorar la convivencia, yo mantengo el optimismo y sigo lleno de esperanza porque en doce años hay algo que no ha cambiado. Libro tras libro, y en países del mundo entero, cuando voy a las librerías a firmar ejemplares me encuentro con cientos de lectores entusiastas muy distintos entre sí. ¿Qué puntos tienen en común todos ellos? ¡Pues ninguno, precisamente! Los hay jóvenes y viejos, que se leen un libro a la semana o un libro al año, de todos los orígenes, de todos los credos, de todas las ideologías y de todas las opiniones. Niños, padres y abuelos. Con velo, con kipá, con turbante, con *piercings*, con tatuajes o con traje y corbata. Marginales u originales. Personas de las que cabría creer que son radicalmente opuestas y que ahora confraternizan en la cola de una librería.

He visto cómo creaban lazos, entablaban amistades, intercambiaban números de teléfono, apretones de mano, abrazos. Ese es el verdadero éxito de los libros. No de *mis* libros en particular, sino de *los* libros. Reconciliar a las personas entre sí, permitir que se conozcan, que se reencuentren. Eso es lo que puede hacer la literatura.

De las cosas que me cuentan los lectores, lo que más me emociona son las lecturas compartidas y simultáneas, en familia, entre amigos o en los clubes de lectura. Por eso, con *La muy catastrófica visita al zoo* que acabáis de leer, lo que he intentado, modesta y humildemente, ha sido escribir un libro que pudieran leer y compartir todos los lectores, sean como sean y estén donde estén, de los siete a los ciento veinte años. Con vuestros hijos, vuestra pareja, vuestros padres, vuestros vecinos o vuestros compañeros de trabajo.

Un libro con el que os entren ganas de leer y de que lean otros, sin distinciones. Y que nos permita reencontrarnos. Pero de verdad.

J. D.

Índice

Prólogo   9
Varios años antes

Capítulo 1. *La teoría de las catástrofes*   15
Capítulo 2. *Un lunes no tan normal*   19
Capítulo 3. *La inundación del cole*   27
Capítulo 4. *En el cole de los niños normales*   41
Capítulo 5. *La presentación en el salón
de actos*   51
Capítulo 6. *De la democracia*   59
Capítulo 7. *La clase de gimnasia*   67
Capítulo 8. *La clase de seguridad vial*   77
Capítulo 9. *¡Todos al hospital!*   87
Capítulo 10. *¡Todos al cole!*   95
Capítulo 11. *La asamblea de padres*   103
Capítulo 12. *Santa Plas*   117
Capítulo 13. *Un testimonio clave*   125
Capítulo 14. *¡Papá Noel acorralado!*   135
Capítulo 15. *La obra de teatro*   141
Capítulo 16. *La Christmas Party*   147
Capítulo 17. *El comité de censura*   159
Capítulo 18. *La función de fin de año (1/2)*   169
Capítulo 19. *La función de fin de año (2/2)*   175
Capítulo 20. *Encontramos al culpable*   183
Capítulo 21. *La muy catastrófica visita
al zoo*   193
Capítulo 22. *Proposición de merienda*   209

Epílogo 213

Posdata 217

Unas palabras sobre *La muy catastrófica visita al zoo* 219

Esta obra se terminó de imprimir
en el mes de abril de 2025,
en los talleres de Diversidad Gráfica S.A. de C.V.
Ciudad de México